Chantal Schreiber

FRIENDS & HORSES

Schritt, Trab, Kuss

Schneiderbuch
EGMONT

1. Auflage

verlegt durch Egmont Verlagsgesellschaften mbH,
Alte Jakobstr. 83, 10179 Berlin

Umschlaggestaltung: Designomicon | Anke Koopmann, München
Umschlagmotiv: Anke Koopmann unter Verwendung von
Motiven von © Lyubov Levitskaya / shutterstock
Satz: Greiner & Reichel, Köln
Printed in the EU
ISBN 978-3-505-14378-6

Für
Gaby und Sonja,
die treuesten Testleserinnen auf diesem Planeten

1. Alles wird anders

„Es wäre perfekt gewesen.“ Ich seufze ganz tief.

Daisy und ich haben bei dem Mauerrest angehalten, der von der Grundstückseinfassung noch geblieben ist, um die Pferde ein wenig verschnaufen zu lassen. Wann die Mauer wohl gebaut wurde? Vor sechzig, siebzig, achtzig Jahren? Mittlerweile ist sie an vielen Stellen brüchig oder ganz in sich zusammengefallen und total von Brombeeren und Schlingpflanzen überwuchert. Hier an dieser Stelle war einmal ein großes Tor, und wenn es nach uns geht, kommt da auch wieder eins hin: Ich stelle es mir hölzern und geschwungen vor, wie aus einem alten Western. Und darauf stünde natürlich die Inschrift „3 Blumen Ranch“. Die Mauer könnte ja auch durch einen weiß gestrichenen Holzzaun ersetzt werden, das sähe cool aus und wäre bestimmt nicht so teuer.

„Ein Zaun wäre noch schöner als eine Mauer“, meint Daisy, und ich schüttle nur mit einem kleinen Grinsen den Kopf. So etwas macht sie öfter. Als würde sie auf etwas antworten, was ich nur gedacht habe.

Wir schirmen beide gleichzeitig unsere Augen gegen die Sonne ab und schauen hinauf zu dem seit

Jahrzehnten unbewohnten Haus. Meine Uroma war die Letzte in meiner Familie, die es noch bewohnt erlebt hat. Der frühere Besitzer hatte wohl eine Schwäche für Südamerika und wollte sich hier seinen Traum von einer Hazienda verwirklichen.

Das Haus hat die Zeit besser überstanden als die Einfriedung. Eine Zeit lang wurde wohl noch jemand bezahlt, der es instand gehalten hat. Ein riesiges Anwesen, ursprünglich aus schneeweißem Mauerwerk mit rotem Ziegeldach, großzügigen Treppen, Innenhöfen, Terrassen mit Säulengängen.

Als Kinder haben Daniel und ich ganze Tage hier zugebracht, Verstecken und Vater-Mutter-Kind gespielt (die schwerreiche Variante) und später neue Abenteuer für Batman erfunden. Natürlich verbotenerweise, immerhin ist es ja Privatbesitz, auch wenn keiner weiß, wem es mittlerweile eigentlich gehört. Damals waren wir noch die „Flusszwillinge" für die Nachbarn. Daniel ist ein Jahr älter, aber die längste Zeit waren wir gleich groß und immer halb nackt und braun gebrannt. Mit den aschblonden, von der Sonne gebleichten Haaren sehen wir auf alten Fotos wirklich fast aus wie Zwillinge oder zumindest wie Geschwister. Unsere Augenfarbe unterscheidet sich allerdings: Daniels Augen haben ein ganz helles, eigenwilliges Blau, meine dagegen sind blau-grün-grau mit braunen Sprenkeln und sehen immer anders aus, je nachdem, welche Farbe ich gerade trage. Ich nenne es „matschfarben", denn es erinnert mich an das, was passiert, wenn im Malkasten alle Farben ineinanderlaufen.

Meine Freundinnen protestieren, wenn ich das sage, aber das müssen Freundinnen ja auch.

Auf dem riesigen Grundstück jedenfalls könnte man einen privaten Golfplatz anlegen – wer weiß, vielleicht wollte der Besitzer das sogar! Hat man Anfang des vorigen Jahrhunderts schon Golf gespielt? Wenn nicht, dann vielleicht Tennis? Ein riesiges Loch war jedenfalls schon ausgehoben, das weiß ich von Uroma. Erkennen kann man es kaum mehr, aber sie meint, man hat damals gespannt gewartet, ob der zugereiste Millionär oder Milliardär den ersten Swimmingpool des Ortes bauen würde. Irgendwas muss passiert sein, denn bevor der überhastet begonnene Bau der Traumvilla abgeschlossen war, hat der Besitzer die Gegend wieder verlassen. Fluchtartig, wie heute noch erzählt wird. Hals über Kopf.

Iris vermutet romantische Gründe und hat sich schon eine ganz verzwickte Liebesgeschichte dazu ausgedacht. Aber mit Iris geht gern mal die Fantasie durch – unter anderem deshalb macht es so viel Spaß, etwas mit ihr zu unternehmen. Daisy ist ein bisschen verträumt, und ich bin … hm … wie bin ich eigentlich? Na, sagen wir mal so: Wenn Daisy und Iris und die Pferde nicht wären und natürlich Daniel, dann würde ich wahrscheinlich nur zu Hause sitzen und lesen.

Das hört sich vielleicht langweilig an, aber ich glaube, so langweilig bin ich gar nicht. Und außerdem sind das ja auch ziemlich viele Wenns. Ich könnte mir mein Leben schließlich ohne die Mädels und die Pferde und Daniel nicht vorstellen. Oder ich *wollte* es mir nie vorstellen. Aber nun werde ich wohl herausfinden müssen, wie das ist, wenn eine Freundin fehlt. Natürlich war nicht damit zu rechnen, dass wir alle hier leben, bis wir alt und grau sind. Aber trotzdem, ohne Iris …

„Iris fehlt mir jetzt schon", sagt Daisy in die Stille.

Da, sie hat es schon wieder getan! Allerdings ist es gerade nicht so ungewöhnlich, dass ihr dieselben Dinge im Kopf herumspuken wie mir. Seit wir wissen, dass es ernst wird und Iris tatsächlich wegzieht, denken wir beide wohl kaum noch an etwas anderes.

„Und aus unserer Pferderanch wird jetzt auch nichts", sage ich. „Keine Iris, keine Ranch." Kaum habe ich es gesagt, würde ich es am liebsten wieder zurücknehmen. Es klingt, als würde ich ganz nüchtern die „Nachteile" abwägen, aber so meine ich es natürlich nicht.

Iris und Daisy sind meine besten Freundinnen, eigentlich meine einzigen. Wir kennen uns seit der Grundschule, aber richtig zusammengeschweißt hat uns die Liebe zu Pferden – die gemeinsamen Ausritte, die kleinen Turniere in umliegenden Ställen, an denen wir zu dritt teilgenommen, verregnete Ferientage, die wir mit Iris' Sammlung von Wendy-Heften verbracht haben.

„Ich meine natürlich nicht, dass es mir nur *deswegen* leidtut, dass sie wegzieht …"

Daisy sieht mich mit hochgezogenen Augenbrauen an, und der Blick sagt eindeutig: „Denkst du, ich weiß das nicht, Scherzkeks?"

Sie macht sich nicht mal die Mühe, es auszusprechen.

„Es stimmt ja“, sagt sie achselzuckend. „Meine Eltern haben keine Kohle, deine Mutter auch nicht. Die Einzigen, die die Ranch vielleicht hätten kaufen können, wären Iris’ Eltern gewesen.“

Tatsächlich wissen wir beide nicht, ob Iris’ Eltern sich das riesige Grundstück in dieser genialen Lage mit Blick auf den Fluss wirklich leisten könnten. Daisy und ich haben beide keine Erfahrung mit Geld in größeren Dimensionen. Iris’ Eltern sind Ärzte. Der Vater ist plastischer Chirurg, die Mutter Internistin, beide verdienen fette Kohle – und außerdem kommen auch noch beide aus wohlhabenden Familien. Sie haben ein großes Haus mit Garten, Pool und Gästewohnung, drei Fernseher, zwei Autos und fahren ständig in Urlaub. Definitiv sind sie die einzigen Leute, die wir *kennen*, die die Hazienda vielleicht kaufen könnten. Bei der jährlichen Gartenparty von Iris’ Eltern parken nur dicke Limousinen und ultracoole Sport- oder Geländewagen vor dem Haus. Ist schon komisch, wie Leute mit viel Geld immer mit Leuten zusammenkommen, die auch viel Geld haben. Die Freunde meiner Mutter kommen alle grade so irgendwie durch.

Einmal hab ich versucht, Mom mit einem Hotelgast zu verkuppeln, der mit einem dicken Auto vorgefahren kam, sich gut mit Pferden auskannte und auch sonst ganz nett schien. Na, *das* ist vielleicht schiefgegangen. Meine Mutter sagt, der Typ war arrogant und hatte keinen Sinn für Humor. Ich sage, es war der

Kohlefaktor, der nicht gestimmt hat. Ich glaube, sie hat *erwartet*, dass er ein Arsch ist, *weil* er Geld hat, und deshalb hat sie ihm keine echte Chance gegeben.

„Wer weiß, ob Iris' Eltern die Ranch überhaupt gekauft hätten", sage ich schließlich laut, damit ich mich etwas besser fühlen kann.

„Iris hätte sie rumgekriegt", sagt Daisy. „Du weißt genauso gut wie ich, wer bei Reinhardts das Familienoberhaupt ist." Daisy lacht ein halbherziges Lachen, das sich mehr wie ein Seufzen anhört.

Weder sie noch ich haben es mit unseren Eltern so leicht wie Iris mit ihren. Und es stimmt: Wahrscheinlich hätte Iris sie irgendwann rumgekriegt, und sie hätten das Anwesen tatsächlich gekauft, vielleicht als Wertanlage, wie wohlhabende Leute das angeblich machen, und hätten es uns in einen Stall umbauen lassen. Oder vielmehr: in eine Ranch mit Weiden und Koppeln, Dressurviereck und Reithalle und allem, was man sich nur wünschen kann, wenn man ein dreizehnjähriger Pferdefreak ist. Aber es ist ziemlich unwahrscheinlich, dass sie Daisy und mir eine Ranch kaufen, wenn sie selbst mit Iris Hunderte Kilometer weit wegziehen. Iris' Mutter hat die Leitung der Internistischen Abteilung eines großen Krankenhauses angeboten bekommen. Und Iris' Vater ist Spezialist für Nasenkorrekturen – und schöne Nasen sind offenbar überall gefragt. Jedenfalls hatte er kein Problem damit, seine Zelte in Fehring abzubrechen.

„Wenn sie alles bekommen würde, was sie will, dann müsste sie nicht umziehen!", argumentiere ich. Iris hat sich schließlich wie eine Löwin gegen den Umzug gewehrt.

„Sie müsste auch nicht", sagt Daisy.

„Was soll *das* denn heißen?"

„Du weißt doch, was ich meine. Klar, erst hat sie protestiert. Aber am Schluss wollte sie es selbst. Ehrlich jetzt, wie soll sie denn im Grillental eine Schauspielausbildung machen? Klar könnte sie noch eine Zeit lang für Gesangsstunden und Tanzunterricht nach Fehring fahren. Aber irgendwann muss sie an eine richtige Schauspielschule."

„Stimmt. Sie muss in eine große Stadt, wenn sie Karriere machen will. Wir sollten sie unterstützen und ihr kein schlechtes Gewissen machen." Ich sage das mehr, um mich selbst moralisch zu stärken. Daisy weiß sowieso immer instinktiv, was das Richtige ist. Und sie ist so verdammt selbstlos. Da übertreibt sie es manchmal. Ich hingegen – ich gebe mir zwar Mühe mit der Selbstlosigkeit, aber ganz ehrlich: Auch wenn ich Iris von Herzen alles gönne, was in der Zukunft auf sie wartet, Selbstlosigkeit ist schon viel verlangt in dieser Situation. Unser Kleeblatt wird zerrissen, unser Traum von einer Ranch platzt, alles verändert sich. Ich steh nicht auf Veränderungen. Meistens, wenn sich was ändert, wird es schlechter als vorher.

„Genau", meint Daisy und liest zum Glück diesmal nicht meine Gedanken. „Das schlechte Gewissen hat sie ohnehin von selbst."

Pippin, Daisys gescheckter Wallach, steht schon minutenlang ganz still, die Ohren nach hinten zu seiner

Reiterin gedreht, als würde er jedes Wort unserer Unterhaltung verstehen. Fanny dagegen, meiner Haflingerstute, ist unser Gespräch egal. Hier steht Gras, also frisst sie. Ihre Interessen sind ziemlich begrenzt.

Na ja, eigentlich ist sie natürlich nicht „meine" Stute. Wir könnten uns kein eigenes Pferd leisten. Fanny und Fannys Sohn Sokrates sind sozusagen „Arbeitskollegen" meiner Mutter. Sie arbeitet an der Rezeption des einzigen richtigen Hotels im ganzen Tal. Es hat einen Streichelzoo, zu dem die Pferde mehr oder weniger zählen – sie werden für Kinder-Reitstunden und Gästeausritte verwendet. Es darf jeder Hotelgast rauf, der will, unabhängig davon, ob die Leute reiten können oder nicht. Entsprechend wird dann an den Zügeln gerissen und mit den Fersen an Pferdebäuche getrommelt bis zum Abwinken – ich versuche immer, möglichst wenig davon mitzukriegen. Na, jedenfalls darf ich Fanny und Sokrates zwischendurch „reparieren" – also dafür sorgen, dass die eigentlich gut ausgebildeten Pferde nicht vergessen, wie es ist, wenn ein guter Reiter auf ihnen sitzt.

Ich sage das nicht, um anzugeben – ich kann *wirklich* sehr gut reiten. Meine Tante Anita hat es mir beigebracht. Sie hat früher jede Menge Pokale im Springreiten gewonnen. Das Talent und die Begeisterung habe ich wohl von ihr geerbt. Anita ist die Schwester meiner Mutter. Sie ist zwar zwölf Jahre älter als ich, aber immer noch sechs Jahre jünger als meine Mom, und sie versteht uns irgendwie beide. Meine Tante ist spitzenklasse, und ich vermisse sie schrecklich. Sie hat nach der Hotelfachschule ein paar Jahre hier im Hotel gearbeitet und bei uns gewohnt – bis ich elf war. Dann ist sie diesem französischen Koch begegnet und wenig später mit ihm nach Frankreich gegangen. Noch so eine Veränderung, die keine Verbesserung war.

Aber zurück zu den Pferden: Fanny ist einundzwanzig, also schon ein älteres Semester, auch wenn sie noch topfit ist. Sokrates ist sechs, ein „Weideunfall“ Fannys mit einem Araber. Er hat echt Temperament. Wenn ich mit Sokrates arbeiten dürfte, wie ich wollte, könnte ich in einem Jahr ein richtig gutes Pferd aus ihm machen! Aber wie die Dinge liegen, muss ich froh sein, wenn die Pferde mal frei sind und ich überhaupt zum Reiten komme. Die teuren Sprungstunden sind nicht mehr drin, seit Mom beschlossen hat, ihr Studium weiterzuführen, das sie damals abgebrochen hat. Scheint nur fair, oder? Sie musste meinetwegen ihr Hochschulstudium sausen lassen, um uns beide mit einem Job durchzubringen. Nun muss ich für sie auf meine Reitstunden verzichten. Na ja. Es mag fair sein und nach ausgleichender Gerechtigkeit klingen, aber ich bin trotzdem wütend deswegen.

„Komm, das reicht mit der Sentimentalität für heute“, meint Daisy. „Außerdem muss ich am Nachmittag auf die Kleinen aufpassen, meine Mutter hat einen Arzttermin.“

„Sie ist doch nicht etwa schwanger?“, frage ich sofort besorgt.

Daisy grinst. „Es ist ein *Zahn*arzttermin“, sagt sie. „Also, ich glaube eher nicht.“

Ich schnaube erleichtert, und Daisys Grinsen wird noch etwas breiter. Meine Sorge ist nicht unberechtigt: Daisys jüngste Schwester kam für alle Beteiligten ziemlich überraschend vor dreieinhalb Jahren, weswegen Mila, Daisys Mutter, sie „Niyati" nannte, was auf Hindi „Schicksal" bedeutet. Damals besuchte sie einen Bollywood-Tanzkurs, den Speiseplan bestimmten Currys und Dal, und Mila malte eine ganze Serie von Bildern, die sich um das OM-Schriftzeichen drehte.

Daisys sechsjährige Schwester heißt Anisa – „Prinzessin". Der Name kommt ursprünglich aus dem Arabischen und ist ein Souvenir von einer Afrikareise. Im Anschluss daran malte, kochte, tanzte und trommelte Mila afrikanisch.

Daisy meinte irgendwann: „Ich kann froh sein, dass ich vor der esoterisch-exotischen Phase geboren bin."

Abgesehen davon, dass Daisys Mutter sich derzeit neben anderem esoterischen Kram intensiv mit Astrologie beschäftigt und man sich ernsthaft Sorgen machen müsste, wie sich das auf die Namensgebung eines wehrlosen Babys auswirken würde („Venus"? „Aquaria"?), wird Daisy schon jetzt ständig zum Babysitten herangezogen. Also, aus meiner Sicht hat sie wirklich genug Geschwister. Es wundert mich auch nicht, dass Daisys einzige ältere Schwester Alana (ich weiß nicht, aus welcher Phase *der* Name stammt) sich bei der ersten Gelegenheit von zu Hause abgeseilt hat. Babysitten ist nun mal kein Lebensinhalt, wenn man siebzehn ist.

Es hat echt Vorteile, ein Einzelkind zu sein.

Pippin wendet auf eine leichte Drehung von Daisys Oberkörper, ohne dass sie mit Schenkeln oder gar Zügeln irgendetwas tun muss. Ich beobachte sie neiderfüllt, während ich mit Fanny, die keine Lust hat, dem fetten Klee vor ihrer Nase den Rücken zuzuwenden, einen kleinen Machtkampf ausfechte. An den Zügeln zerren kann jeder, ich will aber, dass sie wieder lernt, ordentlich auf den Schenkel zu reagieren – eine Herausforderung bei einem Pferd, das ständig von Anfängern „geritten" wird.

Schließlich gewinne ich doch und hole Daisy ein.

„Wollt ihr heute noch was machen?", frage ich und hoffe insgeheim, dass sie „Nein", sagt. Es ist Iris' vorletzte Woche vor der Übersiedlung, aber es ist auch Dienstag, und da haben Daniel und ich unseren traditionellen Zwillingsabend. Die letzten zwei Wochen musste er ausfallen, einmal hatte Daniel was für die Schule zu tun, einmal musste ich im Hotel bei einer Veranstaltung aushelfen. Natürlich hätten die Mädels im Zweifelsfall Vorrang, aber andererseits würde ich heute echt gern …

„Nein, du kannst ruhig zu Daniel", sagt Daisy. Ich werde rot, dabei gibt es gar keinen Grund dafür. Sie sagt das ohne eine Spur von Ironie, sie weiß eben einfach, dass ich deshalb frage.

„Iris hat Abschiedstreffen mit ihrer Tanzklasse. Und ich hab meinem Vater versprochen, bis morgen das neueste Kapitel zu lesen."

Bernd, Daisys Vater, ist Kulturjournalist. Er bespricht Buch-Neuerscheinungen und schreibt fürs

Feuilleton der regionalen Tageszeitung, manchmal auch für Zeitschriften. Das macht er aber nur, um etwas zum Haushaltsbudget beizutragen – wirklich wichtig ist ihm sein Roman, an dem er seit Jahren schreibt und der nie fertig zu werden scheint. Die vorhandenen Kapitel hat er schon an jede Menge Verlage geschickt – ohne Erfolg –, aber er glaubt immer noch an den großen Bestseller.

Zum Glück verkauft Mila alle paar Monate mal ein Bild, sonst würde die Familie vermutlich verhungern. Aber Mila ist echt cool, was das angeht. „Er muss nun mal schreiben", hat sie zu Daisy gesagt. „Sonst ist er nicht glücklich. Ich würde auch nicht aufhören zu malen, wenn plötzlich niemand mehr meine Bilder kaufen wollte. Geld ist nicht so wichtig." Drum gibt sie es immer mit vollen Händen aus, wenn sie gerade welches hat – Daisy hat ihr Pferd in so einer Füllhornphase nach einem besonders guten Bildverkauf bekommen. Nun muss sie zwar ihr gesamtes Taschengeld sparen und kleine Jobs machen, um in den „Dürremonaten" die Einstellgebühr selbst bezahlen zu können, aber das ist Pippin ihr wert.

Meine Mutter hat zu Geld leider eine andere Einstellung – deshalb habe ich wohl auch noch kein eigenes Pferd. Aber sie und ich sind nun mal allein, ohne Sicherheitsnetz, und an unserem kleinen Haus ist ständig was zu reparieren. Bis vor einem halben Jahr haben wir den Kredit für die Reparaturen nach dem letzten Hochwasser zurückgezahlt. Es hat eben seinen Preis, direkt an einem Fluss zu wohnen. Aber es ist auch verdammt cool. Wir haben unseren eigenen Anlegesteg und einen eigenen Badeplatz. Ich habe sicher meine halbe Kindheit im und auf dem Wasser verbracht. Und der Wasserstand wird sehr selten so hoch, dass unser Haus wirklich in Gefahr ist – in den zehn Jahren, die wir hier wohnen, war das zweimal der Fall. Beide Male musste der Keller ausgepumpt werden.

An eine Nacht erinnere ich mich genau. Ich war neun, und es hatte seit Tagen nonstop geregnet. Der Keller stand schon unter Wasser, und es regnete immer noch weiter, so viel, dass wir Angst um das Haus haben mussten. Uroma hatte ihr ganzes Leben da verbracht, und das Wasser war nie so hoch gestiegen. Tante Anita war gerade im Urlaub, und Mom und ich haben diese kritische Nacht am Fenster in meinem Zimmer im ersten Stock zugebracht und nichts anderes gedacht als „Lass es aufhören zu regnen, *bitte* lass es aufhören zu regnen!“.

Um drei Uhr morgens hat es tatsächlich aufgehört, kurz bevor das Wasser über unsere Schwelle kam. Seit damals denke ich, dass am Beten vielleicht doch etwas dran ist – egal, ob man sich an Gott oder Petrus oder das Universum oder sonst jemanden wendet. Das Bitten an sich bewirkt ja vielleicht was.

Wir beobachteten den Himmel, bis die Regenwolken sich so weit verzogen hatten, dass wir die ersten Sterne funkeln sehen konnten, dann schliefen wir beide erschöpft auf meinem Bett ein. Als wir am späten Vormittag von der Sonne aufwachten, die mein Zimmer durchflutete und die sich seit fast zwei Wochen nicht mehr gezeigt hatte, sahen wir, dass der Wasserstand sich gesenkt hatte. Mom war so glücklich und erleichtert, dass sie beinahe zu weinen anfing. Und dann gab's unser Lieblingsfrühstück, amerikanische Pancakes mit Heidelbeeren, etwas flüssiger Sahne und Ahornsirup.

Ich ertappe mich dabei, wie ich mir ein Hochwasser wünsche, um wieder mal so einen entspannten Tag mit meiner Mutter zu haben. Momentan ist sie nur gestresst und hat ständig was an mir auszusetzen. Und wenn ich zurückmotze, ist die Pubertät schuld. *Meine* natürlich.

Daisy dreht sich zu mir um und grinst mich an. „Hör auf zu grübeln! Wer zuerst bei der Linde ist!" Und schon galoppiert Pippin los, die Anhöhe hinauf.

„Heee!", rufe ich Daisy nach. „Das gilt nicht!" Dann lasse ich Fanny die Zügel ganz lang und stehe in den Steigbügeln auf, sobald sie losgaloppiert.

„Verklag mich!", gibt Daisy über die Schulter zurück, hält sich in Pippins Mähne fest, und der Schecke läuft noch schneller.

Aber Fanny darf man nicht unterschätzen – klar ist sie älter als Pippin, aber sie läuft nicht gern hinterher, das stachelt ihren Ehrgeiz an. Und was sie jetzt zeigt, ist ein Renngalopp, den man der Haflingerdame auf den ersten Blick nicht zugetraut hätte. Ich kann nicht anders, ich muss laut herauslachen, und einen Moment lang bin ich einfach nur glücklich, dass ich hier im Grillental aufwachse und in diesem Moment über die schönste Galoppstrecke der Welt sausen darf! Links vom Weg fällt der Hang zum Fluss ab, der diesen

Sommer viel Wasser führt, wild und reißend sieht er aus, einfach Hammer. Rechts schwingen sich sanfte Wiesen hinauf bis zum Waldrand. Das Wetter ist herrlich, die Sommerferien haben gerade erst begonnen, und Fanny läuft, nein, fliegt jetzt neben Pippin durch die Landschaft. Und da drüben auf der anderen Seite wohnt Daniel. Ich freu mich auf heute Abend. Daisy schaut zu mir, lacht übers ganze Gesicht, und ich strahle zurück. In diesem Moment ist das Leben perfekt.

Als ich wenig später im Windfang unseres Hauses meine Turnschuhe abstreife, immer noch ein Lächeln im Gesicht beim Gedanken an unseren Schlussgalopp, kommt meine Mutter mir entgegen.

„Hey", sage ich abwartend. Meine Mundwinkel wandern automatisch nach unten, und ich muss sie mit Gewalt wenigstens auf Halbmast halten. Sonst heißt es wieder, ich sei ein launischer Teenager. In letzter Zeit war Mom so oft schlecht drauf, dass ich immer erst auslote, ob heute ein Tag zum Plaudern ist oder einer, an dem ich am besten schnell in mein Zimmer verschwinde, damit sie nicht auf die Idee kommt, mir lange Vorträge über irgendetwas zu halten.

„Hey, Schatz." Langer Seufzer. Okay, es kommt also etwas, aber sie hat eigentlich keine Lust darauf, es anzusprechen. Wenn ich vielleicht ganz schnell nach oben verschwinde …

„Ich dusch mich nur schnell", sage ich hastig. „Ich brauch nichts zu essen, ich bin dann gleich wieder weg."

„Wohin denn?“, fragt sie, und einen Moment lang lichten sich die Wolken um ihre Stirn, und sie scheint selbst erleichtert, dem ausweichen zu können, was sie offenbar nicht sagen will. (Nein, ich kann nicht Gedanken lesen, das ist mehr Daisys Spezialität. Aber meine Mutter und ich leben schon so lange zu zweit – sie kann mir nichts vormachen, und ich ihr auch nicht. Na ja. Jedenfalls nicht oft.) „Machst du was mit Iris und Daisy?“

„Nein, heute nicht. Die haben beide was anderes vor. Und es ist Dienstag.“

Uh, ganz falsche Antwort, offenbar. Die Wolken sind wieder da.

„Also Daniel?“, fragt sie.

„Ja, Daniel“, sage ich und wende mich ab, um weiteren Diskussionen auszuweichen. Was soll das? Sie mag Daniel, mochte ihn immer schon. Früher hat sie immer gesagt: „Ich dachte nicht, dass Jungs wie er noch gemacht werden.“ Es klang fast ein wenig eifersüchtig. So, als täte es ihr leid, dass mein Vater nicht so war wie Daniel. Und sonst wohl auch keiner. Ich bin schon mit einem Fuß auf der Treppe, da geht es los.

„Wegen Daniel, Rosa, muss ich mit dir reden.“ Ich wende mich nicht um, noch nicht.

„Muss das jetzt sein? Ich wollte möglichst früh bei ihm sein, wir haben eine lange Film-Liste aufzuholen.“

„Ja“, sagt sie, jetzt schon ein wenig ungeduldig. „Das muss jetzt sein.“

„Also, was ist mit Daniel?“, frage ich sie und drehe mich widerwillig zu ihr um.

Sie holt tief Luft. „Du kannst nicht mehr einfach so bei ihm übernachten“, sagt sie ganz schnell, als wollte sie es hinter sich bringen. „Und du kannst auch nicht mehr ständig durch sein Fenster klettern.“

„Sagt wer?“, frage ich mit hochgezogenen Augenbrauen.

„Sagt Vera.“ Vera ist Daniels Mutter. Sie mag mich, sie ist fast so etwas wie eine zweite Mutter für mich – nur letztens hat sie mal so eine kryptische Bemerkung gemacht, dass Daniel und ich unseren Freundeskreis erweitern sollten oder so. „Und *ich* sage das auch. Ihr seid keine kleinen Kinder mehr. Es ist einfach … unpassend.“

„Sagt wer?“, wiederhole ich. „Frau Strehle, die nichts anderes zu tun hat als den ganzen Tag mit ihrem Feldstecher vom Fenster aus alles zu beobachten, was das Pech hat, in ihrer Reichweite zu sein? Oder Daniels Großmutter, die einmal im Jahr zu Besuch kommt und dann glaubt, sie hat das Recht, an allem rumzumeckern?“

Meine Mutter seufzt. „Was ist denn schon dabei?“, fragt sie. „Du gehst durch die Vordertür wie alle anderen Menschen auch, und nach dem letzten Film fährst du mit dem Rad nach Hause. Oder mit dem Boot. Ich hol dich auch, wenn’s spät wird. Du rufst mich einfach an und –“

„Ich will aber nicht, dass du mich abholst“, unterbreche ich, und der Rest meiner flügelleichten fröhlichen Sommerstimmung verabschiedet sich. „Ich will kommen und gehen, wann ich will, so wie immer. Ich weiß nie vorher, wie spät es wird. Wir reden, wir sehen uns Filme an, manchmal wird es spät, und wir pennen ein. Was soll daran nicht in Ordnung sein?"

„Dass ihr beide in Daniels Bett einpennt. Dass es nach außen hin, wie gesagt, unpassend wirkt. Kannst du das nicht einfach akzeptieren, statt ein Riesendrama draus zu machen?"

„*Wer* macht hier ein Riesendrama draus?", gebe ich zurück. „Und seit wann ist es so schrecklich wichtig, was andere Leute denken? Daniel und ich sind nur Freunde, das weißt du ganz genau. Da läuft nichts Romantisches, Heimliches oder *Unpassendes.* Ich weiß das, du weißt das. Wo ist das Problem?"

Damit wende ich mich wieder ab und gehe die Treppe hinauf.

„Die Leute reden, kapierst du das nicht? Das hier ist ein kleiner Ort! Und im Hotel kriege ich dann Gerüchte und Anspielungen zu hören!" Mit jeder Stufe, die ich mich weiter entferne, wird ihre Stimme lauter. „Verdammt noch mal, Rosa, kannst du nicht mal an jemand anderen denken als immer nur an dich selbst?"

Ich antworte nicht, gehe in mein Zimmer und knalle die Tür hinter mir zu. Wieder einmal. Seit sie mit ihrem Studium angefangen hat, ist sie echt nur noch schlecht drauf. Ich mache nicht genug im Haushalt, ich bin unhöflich zu den Hotelgästen (ja, bin ich, wenn sich so ein Großstadtklops auf Fanny setzt, die gutmütige alte Stute mit der Gerte traktiert, gleichzeitig an den Zügeln reißt und sich dann wundert, dass sie nicht nur nicht galoppiert, sondern auch unruhig wird. Und dann kommt noch die Mutter des Wunderkinds dazu und erklärt, das Pferd sei bösartig!). Außerdem rede ich nur mehr in Halbsätzen mit ihr (ja, man sieht ja, was dabei rauskommt, wenn das Gespräch länger dauert!), und, und, und. Und jetzt passt ihr plötzlich auch meine Freundschaft mit Daniel nicht mehr.

Iris vermutet, meine Mutter sei bloß gestresst, weil sie alles allein machen müsse und keinen Partner habe. Ständig hat sie nach passenden Männern Ausschau gehalten, und Pläne geschmiedet, Mom zu verkuppeln. Aber ich habe abgeblockt. Erstens sind meine eigenen Erfahrungen damit, meine Mutter zu verkuppeln, eher entmutigend. Zweitens: Machen Männer wirklich irgendwas einfacher? Nach allem, was ich so mitbekomme, bin ich mir da nicht so sicher. Und daraus folgt drittens: Was, wenn die Sache nach hinten los geht? Dann habe ich eine Mutter am Hals, die noch gestresster ist, weil sie jetzt auch noch einen Mann in ihren übervollen Terminkalender quetschen muss *und* einen Stiefvater, der sich womöglich als Autoritätsfigur aufspielt. Nein, danke.

Als ich wenig später frisch geduscht aus dem Bad komme, höre ich, wie unten gerade die Haustür zugeschlagen wird, und gleich darauf das metallische Quietsch-Klimpern, als Mom ihr altes Rad von der Hauswand nimmt und anschiebt. Sie fährt zum Abenddienst ins Hotel und kommt wahrscheinlich erst nach mir nach Hause – außer ich entscheide mich, heute bei Daniel zu übernachten. Vorteil: Ich muss nicht spätabends heimradeln oder -rudern. Nachteil:

Selbst wenn ich meiner Mutter noch einen Tag lang aus dem Weg gehen kann, muss ich mir bei der nächsten Begegnung mit ihr wieder anhören, was für ein Egomonster ich bin. Am besten, ich lasse das einfach auf mich zukommen und treffe die Entscheidung erst in letzter Sekunde.

Im Vorbeigehen schnappe ich saubere Jeans vom Wäschetrockner und nehme das oberste Top aus dem Schrank, ein gelbes, verwaschenes, mit einem kleinen roten Johannisbeermarmeladefleck vorn, der nicht mehr rausgeht. Ein paar Bürstenstriche durch meine noch nassen Haare, und ich bin ausgehbereit. Neben meiner Zimmertür hängt ein großer alter Spiegel mit weiß lackiertem Holzrahmen, der noch von meiner Urgroßmutter ist. Als ich jetzt einen kurzen Kontrollblick hineinwerfe, stört mich der rote Fleck auf dem Top plötzlich doch. Und man sieht auch die BH-Träger, was ja nicht stören würde, wenn es nicht ein uralter, ausgeleierter Hello-Kitty-BH von Anita wäre, der mir eigentlich schon zu klein ist. Ich ziehe das Top über den Kopf, nach kurzem Zögern hake ich auch den BH auf, ziehe stattdessen den neuen cremefarbenen mit den kleinen rosa Blümchen und der Spitze vorne an und darüber das hellblaue Top, das so gut zu meinen Augen passt. Mit diesem Top überwiegt das Blau in ihnen, und meine frühsommerliche Bräune kommt gut zur Geltung.

Ich stehe vor dem Spiegel und sehe mein Spiegelbild mit gerunzelter Stirn an. Hallo? Gebräunter Teint und Augenfarbe? Ich schüttle über mich selbst den

Kopf. Das Gerede meiner Mutter hat mich wohl doch irgendwie weichgeklopft. Es ist *Daniel*, Himmel noch mal. Es ist kein *Date.* Lipgloss nehme ich trotzdem, aber nur weil ich raue Lippen habe.

Fahrrad oder Boot?, frage ich mich, als ich kurz vor Sonnenuntergang aus dem Haus trete. Es ist warm, wolkenlos, windstill, und ich entscheide mich für das Boot. Ich mag kein eigenes Pferd haben, aber dafür habe ich ein eigenes Ruderboot – ein Holzboot, das meine Tante und ich kurz vor ihrer Abreise nach Frankreich gemeinsam hellblau und weiß gestrichen haben. Es sieht aus wie ein griechisches Fischerboot, und es heißt *Rosita*, zusammengesetzt aus „Rosa" und „Anita". Wir hatten Megaspaß bei der ganzen Sache. Anita fehlt mir echt. Meine Uroma hat immer gesagt, an die guten Dinge gewöhnt man sich schnell, und das stimmt wohl. Manchmal vergesse ich, wie cool es ist, einen eigenen Bootssteg vor dem Haus zu haben, weil es so selbstverständlich geworden ist. Aber gerade heute, als ich über den Steg auf mein kleines Ruderboot zugehe, die untergehende Sonne im Rücken, ist es mir voll bewusst. Der zweite perfekte Moment des Tages.

2. Der neue Faktor

Als ich auf den Baum vor Daniels Fenster und über das Baumhaus auf sein Fensterbrett klettere, sehe ich, wie sich der Vorhang hinter Frau Strehles Fenster bewegt. Ich setze ein strahlendes Lächeln auf und winke zu ihr hinüber. Wäre ja noch schöner, wenn ich mir jetzt von der auch noch etwas vorschreiben lassen müsste. Ich halte mich am Fensterrahmen fest und lasse mich auf der anderen Seite hinunter. Daniel liegt mit dem Laptop auf seinem Bett – vermutlich klickt er sich durch seine neusten Fotos. Als er mich in seinem Zimmer landen hört, fährt er erschrocken hoch.

„Rosa! Was machst du denn hier?"

Diese Begrüßung ist etwas ernüchternd für jemanden, der sich seit einer Woche freut, wieder mal einen Abend mit seinem besten Kumpel zu verbringen.

„Ähm. Es ist Dienstag?"

„Oh." Er setzt sich auf. „Ja, sicher. Stimmt. Aber du hast nicht gesimst oder so, also hab ich nicht gedacht ..."

„Ich dachte nicht, dass ich simsen *muss*! Ich meine ..." Irgendwie bin ich sprachlos, und deshalb wiederhole ich nur stumpfsinnig: „Es ist *Dienstag*!"

„Ja, schon klar." Er springt auf, und ich sehe ihm an, dass es ihm leidtut, wie er mich begrüßt hat. „Nur … die letzten zwei Mal hatten wir keine Zeit, und ich hab nichts von dir gehört, und da wusste ich einfach nicht, ob du heute kommst."

Er fährt mit den gefächerten Fingern einer Hand über seine gerunzelte Stirn. Es sieht sehr verlegen aus und sehr ratlos und sehr nach Daniel. Die sprachlose Empörung, die ich eben noch empfunden habe, sinkt rapide gegen null.

„Schon gut", sage ich. „Du hast ja recht, ich hätte schreiben können. Ist es jetzt … ich meine … geht es heute nicht? Hast du was anderes vor?"

„Nein. Gar nicht. Was wollen wir uns ansehen?" Er wirft einen Blick auf meine Tasche. „Oder gibt's Stoff für eine Buchrezension?"

Das ist unser Ding, Daniels und meines: Bücher und Filme. Er hat sogar „Twilight" gelesen, als ich es angeschleppt habe, auch wenn seine Kritik ziemlich vernichtend ausfiel. Und ich habe mich für ihn durch den „Drachenbeinthron" gekämpft, obwohl ich Ritter und so was eher albern finde. Irgendwie hab ich schon gedacht, aha, jetzt ist es so weit, jetzt gefallen uns nicht mehr dieselben Bücher, weil jetzt dieses „Mädels sind anders als Jungs"-Ding stärker wird als das „Wir sind Rosa und Daniel"-Ding. Doch bei Flavia de Luce haben wir uns dann wieder getroffen, wir finden sie beide genial.

Aber heute hab ich nur DVDs mit, eine ganze Tasche voll, deren Inhalt ich jetzt auf Daniels Bett kippe.

„Ziemlich beste Freunde“, „Willkommen bei den Sch’tis“ … Ha, ich hab’s gewusst, dass er nach „Napoleon Dynamite“ greifen wird, jede Wette wäre ich eingegangen, das ist genau sein … Oh nein, wie kommt denn *das* unter die DVDs? Es lag auf meinem Schreibtisch, ich hab noch kurz reingeschrieben, hab es dann weggelegt – verdammt! Ich hatte das Tagebuch auf eine DVD gelegt, dann eine andere darauf und dann alles zusammen eingepackt. Und jetzt hat Daniel es in der Hand, beginnt durch die linierten Seiten zu blättern.

„Nicht!“, rufe ich und höre, wie kieksig meine Stimme klingt, beinahe hysterisch. Mit zwei Schritten bin ich auf der anderen Seite des Bettes und greife nach dem dunkelblauen, gepolsterten Buch mit dem Schmetterling vorn drauf. Vor Schreck über mein Aufkreischen hätte Daniel es beinahe fallen lassen, doch nun, als ich es mir schnappen will, zieht er die Hand reflexartig in die Höhe.

„Sag bloß!“, sagt er. „Du bist unter die Tagebuchschreiber gegangen?“

„Her damit!“, knurre ich und sehe ihn so böse an, wie ich irgendwie kann.

Er zieht die Augenbrauen hoch. „Wie heißt das kleine, zweisilbige Wort?“

„Sofort!“, sage ich und kneife die Augen zu schmalen, gefährlichen Schlitzen zusammen. Zumindest hoffe ich, dass es gefährlich aussieht.

Er schüttelt den Kopf und grinst. „Nein, mit ‚b‘ fängt es an!“

„Bisschen plötzlich!"

„Zu viele Silben", meint er und schüttelt nur mitleidig den Kopf.

Ich springe in die Luft und greife nach dem Buch, komme mir dabei extrem dämlich vor, aber Daniel hält es knapp außer Reichweite. Waren wir nicht eben noch gleich groß? Auf einmal scheint er fast einen Kopf größer zu sein als ich. Ich zerre an seinem Arm und komme mir dabei noch dämlicher vor, aber langsam werde ich ärgerlich. Warum gibt er es mir nicht wieder, verdammt noch mal? Früher hätte er das nicht gemacht, früher hätte er das gar nicht gekonnt, da war ich nämlich stärker als er, oder mindestens gleich stark. Aber jetzt sind in dem Arm, an dem ich zerre, auf einmal Muskeln, gegen die ich nicht ankomme und …

Mir wird plötzlich etwas klar. Seine blauen Augen blitzen zwischen den sonnengebleichten Haarsträhnen, und der eine etwas schiefe Eckzahn, der sich aus seinem Grinsen hervorschiebt, verrät mir, dass er ziemliche Mühe hat, nicht laut loszulachen. Er macht das aus keinem anderen Grund als dem, dass er es *kann*! Jetzt werde ich aber richtig wütend, tue so, als wollte ich noch mal nach dem Tagebuch greifen, bücke mich blitzschnell, zerre an seinem Fuß und gebe ihm gleichzeitig einen ordentlichen Schubs. Damit hat er nicht gerechnet! Er gerät aus dem Gleichgewicht und fällt rücklings auf sein Bett. Bevor er sich noch richtig gefangen hat, knie ich auf seinen Oberarmen und schnappe mir mein Buch. Sekunden später hat er den Spieß – oder vielmehr: mich – wieder umgedreht und hält einen meiner Arme auf dem Rücken fest. Ich trete ihn gegen's Schienbein, er schnappt meine Handgelenke, erwischt nur eines, mit der anderen Hand greife ich nach seinem Ohr und zerre daran – ich kreische und kichere, er lacht und flucht abwechselnd, und es ist wie eine dieser Raufereien, als wir sieben oder acht waren, bis zu dem Moment, als er sich aufs Bett fallen lässt und keucht: „Aus. Gnade. Ich ergebe mich." Ich habe mich im selben Moment auch fallen lassen, mein Gesicht zu ihm gedreht, und seine Lippen haben gerade so irgendwie meine Nasenspitze berührt, als er gesprochen hat. Und nun liegen wir Nasenspitze an Nasenspitze, und plötzlich ist nichts mehr so, wie es war, als wir sieben oder acht waren. Und mein Herz klopft viel zu laut, und ich sehe in seinen Augen, dass er es auch gemerkt hat. Ich räuspere mich und setze mich auf, schiebe hastig die Träger meines Tops zurecht, die verrutscht sind und ein paar Zentimeter geblümten BH freigegeben haben. Mein Blick fällt auf das Tagebuch, das neben dem Bett unbeachtet und vergessen auf dem Boden liegt, ich strecke mich, greife danach und werfe es in die ungefähre Richtung meiner Tasche. Wir wissen beide, dass Daniel es sowieso nie lesen würde.

„Also", sage ich und beginne, die Videos aufzuheben, die bei unserer Balgerei fast alle auf dem Fußboden gelandet sind. Ich finde die richtige DVD und halte sie in die Höhe: „Napoleon Dynamite?"

Er grinst, nimmt die DVD aus der Hülle und schiebt sie in den Player seines Laptops.

„Unbedingt!"

Wir kuscheln uns unter die Patchworkdecke, die schon auf seinem Bett liegt, seit ich ihn kenne, und während die genialen Opening Credits des Films laufen, habe ich noch Zeit, mich kurz über mich selbst zu ärgern. Zwei Wochen ohne unseren Dienstag, na und? Was soll das schon ändern? Gar nichts ändert sich! Wir sind immer noch Rosa und Daniel, richtig? Alles ist cool, alles ist wie immer. Es ändern sich schließlich schon genug Dinge. Daniel rückt sein Kissen zurecht, dabei streift seine Hand meinen nackten Arm. Sekunden später spüre ich die Stelle immer noch ganz leicht vibrieren, als ob er eine hochtechnisierte Markierung auf meiner Haut hinterlassen hätte. Ich habe das Gefühl, dass er mich kurz ansieht, so als hätte er auch etwas bemerkt, aber ich starre einfach geradeaus auf den Bildschirm. Alles ist wie immer, sage ich mir innerlich vor wie ein Mantra, alles ist wie immer, hör auf, aus ein paar Mücken eine Elefantenherde zu machen.

Am nächsten Morgen gehen die Elefanten zum Angriff über.

Und ich meine gar nicht meine Mutter, die nur wortlos die Lippen aufeinandergepresst hat, als wir einander auf der Treppe begegnet sind. Wahrscheinlich hat sie, als sie nachts heimgekommen ist, noch in mein Zimmer geschaut. Jedenfalls ist ihr klar, dass ich bei Daniel übernachtet habe.

Hab mich nur mit einem Achselzucken und einem kurzen „Morgen" an ihr vorbeigedrückt.

Ich meine auch nicht Frau Strehle, die gerade dabei war, ihr Bettzeug zum Auslüften auf den Balkon zu hängen, als ich aus Daniels Fenster geklettert bin, und die mit einem überdeutlichen Kopfschütteln unmissverständlich ihre Meinung zu meinem schändlichen Verhalten ausgedrückt hat.

Nein, ich meine Iris und Daisy, meine besten Freundinnen. Und es trifft mich unvorbereitet, als Iris auf dem Sattelplatz nach einem kurzen Morgenausritt damit rausplatzt.

„Sag mal, Rosa“, fragt sie in ihrer gewohnten Direktheit, „was ist eigentlich mit dir und Daniel?“

Augenblicklich werde ich rot bis zu den Haarwurzeln. als hätte ich etwas zu verbergen.

„Was soll sein?“, frage ich möglichst desinteressiert und bücke mich, um Sokrates’ Hufe auszukratzen.

Ich schiele dabei ein bisschen nach oben, sodass ich mitkriege, wie Daisy und Iris einander die Köpfe zuwenden und vermutlich vielsagende Blicke tauschen. Aha. Sie haben also schon darüber geredet. Plötzlich bin ich wahnsinnig wütend auf die beiden. Fuchsteufelswild richte ich mich auf.

„Was haben nur auf einmal alle, verdammt noch mal! Ich bin mit ihm befreundet, seit ich denken kann, jahrelang hat das keinen gestört, und jetzt auf einmal will jeder ganz genau wissen, dass da irgendwas läuft! Da läuft gar nichts, verdammt! Wir sind F-R-E-U-N-D-E! Und eines kann ich euch verraten: Daniel würde nicht hinter meinem Rücken über mich reden, so viel steht fest!“

„Aber Rosa ...!“ Daisy schaut mich entsetzt an. „Wir haben das doch nicht ... ich meine, das war wirklich nicht so ...“ Sie sieht aus, als wäre sie den Tränen nahe, und mein Ausbruch tut mir schon wieder beinahe leid.

Iris lässt sich davon allerdings nicht beeindrucken. Sie zieht nur die Augenbrauen hoch.

„Viel zu viel Protest dafür, dass nichts dran ist“, meint sie ruhig. „Also, falls du die unschuldige Freundschaftsgeschichte aufrechterhalten willst, empfehle ich dir, deine Taktik zu ändern.“

„Himmel!“ Ich schleudere den Hufkratzer von mir und stampfe wütend mit dem Fuß auf. Gut, dass unsere Pferde alle so gute Nerven haben. „Das ist keine *Geschichte*. Da ist nichts mit Daniel! Genauso wenig wie mit Daisy oder dir, zum Henker!“

Iris’ Mundwinkel zucken, ihre Augen füllen sich mit Tränen. Ich beobachte die Veränderung in ihrem Gesicht und merke, wie ich mich plötzlich schuldig fühle – was hab ich gesagt? Warum reagiert sie jetzt so? Mein Gott, sie verlässt uns in zwei Wochen, und ich habe nichts Besseres zu tun, als sie anzuschreien ... bestimmt ist sie mit den Nerven fertig, sie muss ihre ganze Kindheit zurücklassen, ihre Freunde, ihre gewohnte Umgebung ...

„Ich wusste es!“, stößt Iris nun unter Tränen hervor. „Meine neue Frisur! Sie törnt dich ab! Rosa, ich schwöre, ich lass meine Haare wieder wachsen, aber versprich mir, dass es zwischen uns wieder so wird wie früher!“

Ich starre Iris eine Sekunde lang verständnislos an. Erst als sie laut auflacht, mir ihr Handy vor mein perplexes Gesicht hält und auf den Kameraauslöser drückt, kapiere ich es. Ich war wieder mal die Laborratte für eine Iris-Talentprobe!

„Mann", knurre ich und versuche erfolglos, sauer zu klingen. Kann schließlich nicht jeder das Hollywood-Gen haben! „Wozu wollen deine Eltern eigentlich noch Geld für eine Ausbildung verschwenden?"

„Ich nehm das mal als Kompliment", meint Iris leichthin und macht eine kleine Verbeugung in meine Richtung. „Und nun kommen wir wieder zur eigentlichen Frage: Was ist mit dir und Daniel? Oder solltest du wirklich die Letzte sein, die es mitkriegt?"

„Die was mitkriegt?" Irgendwie habe ich ein mulmiges Gefühl, als sie diese Frage stellt.

„Na, dass da sehr wohl etwas ist zwischen euch. Du bist anders, wenn er in der Nähe ist. Er ist anders, wenn du in der Nähe bist. Ich will ja nicht gerade behaupten, dass die Funken fliegen wie wild, aber so eine gewisse Spannung ist da schon in der Luft, und man kennt das ja, Sandkastenliebe …"

„Wenn's nach dir geht, liegt überall Liebe in der Luft, die Funken fliegen, rosarote Wolken schweben in Augenhöhe, und Hormone fallen wie die Heuschrecken über unsere grauen Zellen her." Mein Zorn ist verflogen, und ich grinse Iris an, ein wenig schwermütig allerdings. Sie wird mir so schrecklich fehlen!

Nun zuckt meine romantische Freundin mit den Schultern.

„Simple Tatsachen“, meint sie. „Psychologie. Chemie. Biologie.“

„Fantasie“, korrigiere ich. „Theorie. Utopie!“

„Sellerie, kikeriki!“, schaltet sich Daisy ein. „Ist die Streiterei jetzt beendet? Ich bin Waage Aszendent Waage und habe ein ausgeprägtes Harmoniebedürfnis!“

„Und ich bin Skorpion Aszendent Wassermann“, steige ich sofort darauf ein, „und habe ein ausgeprägtes Pancakes-Bedürfnis! Gehen wir noch zu mir?“

Daisy und ich schauen erwartungsvoll zu Iris. Sie ist die Schlagfertigste von uns, und dass man auf einen Kommentar von ihr länger als zwei Sekunden warten muss, ist selten. Aber jetzt steht sie bloß da, ihren Mähnenstriegel in der einen Hand, die andere auf dem Rücken von Ginger, ihrer rotfalbenen Fjordstute, und schaut von mir zu Daisy und von Daisy wieder zu mir. Und da ist es wieder, dieses ganz leichte Zucken um die Mundwinkel, und ihre Augen kriegen so einen seltsamen Glanz. Einen kurzen Moment lang überlege ich, ob sie auch jetzt nur schauspielert, aber dann ist Daisy bei ihr und legt die Arme um sie, und Iris beginnt ernsthaft zu schluchzen.

„Ich werde euch so vermissen!“, stößt sie hervor. „Ich werde euch so schrecklich vermissen! Ihr seid die besten Freundinnen, die es gibt! Das alles wird mir so fehlen! Ausreiten und Quatschen und Streiten und alte Serien gucken und Pancakes bei Rosa und Pizza bei Mario’s und Bootfahren und Erster-Schultag-Beachpartys und Letzter-Schultag-Beachpartys und

Online-Shopping zu dritt und Daisys kleine Schwestern hüten –"

„Okay, jetzt wirst du aber albern!", unterbreche ich sie, und sie muss lachen und streckt eine Hand nach mir aus.

„Komm sofort her! Gruppenumarmung! Ob du willst oder nicht!"

Ich bin nicht so jemand, der dauernd alle küssen und umarmen muss, aber diesmal mache ich sogar freiwillig mit und umarme Daisy und Iris, meine zwei besten Freundinnen auf der Welt. Und nun heulen wir alle drei, weil es nie wieder so sein wird, wie es war, nie wieder …

„Okay." Iris schnaubt und seufzt ganz tief und lässt uns beide schließlich los. „Hat eine von euch ein Taschentuch? Rotz im Gesicht steht mir nicht, und ich hab schließlich einen Ruf zu verlieren."

Daisy schüttelt den Kopf.

Ich schüttle den Kopf. „Nein, leider."

Dann wischen wir uns alle drei gleichzeitig wie auf Kommando mit dem Handrücken über unsere Nasen und müssen lachen.

„Wir werden dich auch schrecklich vermissen", sagt Daisy. „Noch mehr als du uns. Denn du wirst eine ganze Großstadt als Ablenkung haben und neue Freunde und Shoppingcenter und Schauspielunterricht und Tanzunterricht …"

„Ja, genau", stimme ich zu. „Und was haben wir? Doch bloß das olle Grillental mit denselben zweihundert Nasen wie immer! *Alles* wird so sein wie immer, nur ohne dich. Du wirst ein riesiges Iris-förmiges Loch hinterlassen."

„So riesig nun auch wieder nicht", meint Iris. „Ich bin ja kein Sumoringer."

„Was mich angeht, bist du sehr wohl ein Sumoringer", widerspreche ich trotzig und bin schon wieder den Tränen nahe.

„Was mich angeht, auch!", stimmt Daisy zu.

„Ich bin nicht sicher, ob mir dieses Bild gefällt", meint Iris mit gerunzelter Stirn.

„Mir schon", bleibt Daisy trotzig. „Und du hinterlässt ein Loch mit enormen Speckfalten und einem riesigen Bauch und einem monströsen Hintern!"

„... in einem Stringtanga!", ergänze ich und tätschle dann liebevoll Gingers Hals. „Und die kleine Verrückte hier wird auch ein Loch hinterlassen!" Ginger ist genau wie Iris: temperamentvoll, etwas sprunghaft, aber wenn es darauf ankommt, hundertprozentig zuverlässig. Unsere Pferde sind eine ebenso eingeschworene Truppe wie wir.

„Noch ein Sumoringer?", fragt Iris.

Daisy und ich nicken nur traurig, und einen Moment lang sind wir alle drei sprachlos – ein sehr seltener Moment.

Schließlich ist es wie so oft Iris, die nach einem tiefen entschlossenen Seufzer uns alle wieder aus dem Depri-Sumpf zieht. „Wir haben noch zwei gemeinsame Wochen, richtig? Also werden wir daraus doch nicht die traurigsten Wochen unseres Lebens machen, oder?"

Ich verzieh den Mund, Daisy zuckt mit den Achseln.

„Nein, das werden wir nicht!“, fügt Iris entschlossen hinzu. „Wir werden jede Menge Spaß haben, verstanden? Wir werden jede Minute genießen! Und wir werden immer dran denken, dass es Skype gibt und WhatsApp und tausend andere Möglichkeiten, in Kontakt zu bleiben! Und in den nächsten Ferien bin ich wieder hier! Okay?“

„Okaaay?“, wiederholt sie drohend, als von uns nicht gleich eine Reaktion kommt.

„Okay“, sagt Daisy und drückt gerührt noch mal Iris' Hand.

„Okay, Sergeant“, antworte ich mit einem kleinen Grinsen.

„Also Pancakes?“, fragt Iris und sieht Daisy und mich mit roten Augen und einem entschlossenen Lächeln an.

„Pancakes“, antworten wir gleichzeitig.

„Pancakes? Wo?“, höre ich eine vertraute Stimme hinter mir und spüre gleichzeitig eine sehr wenig vertraute Beschleunigung meines Herzschlags, als ich mich umwende.

„Hey, Daniel!“

„Hey, Daniel“, begrüßen ihn auch Daisy und Iris im Chor, und ich versuche, mich nicht drüber zu ärgern, dass sie uns prüfende Blicke zuwerfen.

„Bei mir zu Hause, in etwa einer halben Stunde“, beantworte ich seine Frage. „Willst du auch vorbeikommen?“

Er lehnt sein Fahrrad gegen einen Baum, verzieht sein Gesicht zu einem kleinen Grinsen, und ich kann nicht anders als bemerken, dass der schiefe Eckzahn wieder ein wenig vorsteht und dass ich so ein seltsam unruhiges Gefühl in der Magengegend kriege, als er sich mit der Hand durch die Haare fährt. Verdammt! Wann ist das passiert? Vor ein paar Tagen – oder Wochen? Oder Monaten? – war er noch „nur Daniel", und jetzt auf einmal ist das „nur" weg!

„Ich denke nicht", meint er. „Sieht nach Mädchentreffen aus."

„Ach was …", will ich widersprechen und kassiere sofort strafende Blicke von Iris und Daisy.

„Klappe, Rosa!", sagt Iris. „Endlich mal ein Mann mit etwas Feingefühl! Verdirb es nicht!"

Daniel lacht. „Ich werde deinen Charme vermissen, Iris, so viel steht fest!"

Daniel kann gut mit den Mädels, die er ja schließlich auch von der Schule kennt, und das Geplänkel wäre sicher noch eine Weile hin- und hergegangen, wenn uns nicht der kleine Menschenauflauf vor dem Hotel abgelenkt hätte.

Das Stallgebäude liegt etwas unterhalb des Hotels, durch eine Koppel und eine kleine Weide davon getrennt, aber man hat von hier aus einen direkten Blick zum Eingang, wo jetzt gerade eine schwarze Limousine mit getönten Scheiben vorfährt. Der Fahrer steigt aus und geht um den Wagen herum, offenbar, um seinem Fahrgast die Tür zu öffnen, und mit derselben Absicht stürzt der Portier des Hotels auf das Auto zu. Doch noch bevor einer von beiden sein Ziel erreicht, wird die Tür von innen geöffnet, und erst ein langes schlankes gebräuntes Bein, dann ein zweites werden sichtbar. Die Beine stecken in unglaublich coolen, bestickten Cowboystiefeln, wie ich sie noch nie gesehen habe, und wir warten mit angehaltenem Atem, wie wohl der Rest aussieht.

„Wow“, sagt Iris eine Sekunde später, als das Mädchen in dem knappen Jeansmini seine honigblonden Locken schwingt und das rote Top zurechtzupft, das bei der Autofahrt offenbar verrutscht ist.

Ja, sie ist wirklich bildhübsch. Ich meine, wir sind alle drei nicht übel, finde ich. Vor allem Daisy sieht aus wie eine blonde, zarte Elfe – seidig glatte hüftlange Haare, blaugraue Augen, sanftes Lächeln. Iris ist vielleicht keine Model-Schönheit, dafür ist sie etwas zu klein und kompakt. Aber sie hat diese unglaublich lebhaften grünen Augen und dunkle, wellige kurz geschnittene Haare. Der kleine Haken an ihrer Nase passt perfekt dazu. Ich bin mit meinen hellbraunen, sonnengebleichten Haaren und Chamäleon-matschfarbenen Augen mehr so der Naturkind-Typ. Das Mädchen zum Pferdestehlen – nicht dass mir das je einfiele.

Die andere Autotür wird nun vom Fahrer der Limousine mit einem kleinen triumphierenden Blick zum Portier des Hotels geöffnet. Er ist ihm knapp zuvorgekommen. Der Mann, der aussteigt, ist groß, schlank und ein südländischer Typ. Meine Mutter würde vermutlich sagen, dass er gut aussieht. Und arrogant, natürlich, wegen des teuren Wagens. Er scheint der Vater des „Wow“-Mädchens zu sein, das sich jetzt noch mal in den Wagen zurückbeugt, eine beeindruckende Ansicht ihrer Rückseite bietend.

„Wetten, sie hat eines von diesen Handtaschenhündchen?", schnaube ich ein wenig ärgerlich, dass hier alle so fasziniert von einem hübschen Mädchen in einem teuren Auto sind, und wende mich Zustimmung suchend nach Daniel um. Immerhin hatten er und ich schon lange Gespräche zum Thema „Hund", weil wir beide immer gern einen gehabt hätten, aber unsere Eltern nie einverstanden waren. Daniel mag große Hunde, genau wie ich. „In die kleinen schwarzen Tüten soll bloß die Kacke reinpassen, nicht der Hund", hat er zu dem Thema mal gesagt. Das weiß ich noch genau, weil ich so lachen musste.

Doch Daniel hat mich überhaupt nicht gehört. Sein Blick hängt wie hypnotisiert an der gestiefelten Lockenbarbie. Und dass sie jetzt mit einem braun-weiß gefleckten Chihuahua im Arm wieder auftaucht, ändert daran nicht das Geringste. Wenigstens meine Freundinnen lassen mich nicht im Stich.

„Rosa kann hellsehen!", ruft Daisy – und von ihr ist das wirklich ein Kompliment.

„Was macht Paris Hilton im Grillental?", fragt Iris und hebt eine Augenbraue.

„Wahrscheinlich kauft sie es", schlägt Daisy vor, „und dreht dann hier eine Daily Soap über sich selbst."

Doch dann passiert etwas Unerwartetes. Ein weiteres Auto fährt die Zufahrtsstraße zum Hotel hinauf, diesmal ist es ein fetter weißer Geländewagen – und hintendran ein kaum minder fetter, nagelneuer, ebenfalls schneeweißer Pferdehänger. Das Mädchen drückt den Chihuahua ihrem Vater in die Hand, stürzt auf den Geländewagen zu, dessen Fahrer jetzt das Fenster herunterlässt, und fängt an, wild gestikulierend auf ihn einzureden. Der Hotelportier kann sich endlich nützlich machen und deutet zu uns, zum Stall hinunter. Der Fahrer und das Mädchen nicken, er öffnet ihr von innen die Beifahrertür, aber sie schüttelt den Kopf, läuft nach hinten und springt auf das Trittbrett des Anhängers. Im nächsten Moment setzt der Wagen sich wieder in Bewegung, und wir erwachen aus unserer Trance.

„Sie hat ein Pferd!“, verkünde ich überaus schlagfertig.

„Oder ein sehr großes Kaninchen“, meint Iris grinsend.

„Das heißt, sie bleibt länger!“, folgert Daisy und sieht neugierig dem sich nähernden Fahrzeug entgegen.

Und Daniel, der sagt gar nichts. Er starrt nur unverändert fasziniert das Mädchen an, das mit wehenden Locken im verboten kurzen Mini höchst vorteilhaft von der Staubwolke des Geländewagens eingerahmt wird – das Ganze sieht aus wie das Poster für ein Roadmovie. Ein kitschiges Roadmovie, mit einer dieser viel zu hübschen amerikanischen Jungschauspielerinnen in der Hauptrolle.

Das Auto nähert sich, und ich gebe Daniel einen Schubs, der etwas gröber ausfällt als beabsichtigt. „He, aufwachen! Sonst bist du gleich doppelt platt!“

Er stolpert, wird dunkelrot im Gesicht, würdigt mich aber keiner Antwort, sondern geht nur zur Seite und fixiert vom Rand des Parkplatzes aus gleich wieder die blond gelockte Tussi. Die springt nun vom Trittbrett und macht sich an der Tür des Anhängers zu schaffen, während sie auf Spanisch dem Fahrer, der gerade aussteigt, irgendetwas zuruft. Der verschwindet erneut im Wagen, taucht kurz darauf achselzuckend und kopfschüttelnd wieder auf. Das Mädchen flucht auf Spanisch (ich kann kein Spanisch, aber Fluchen ist irgendwie leicht zu identifizieren), geht ebenfalls nach vorn zum Wagen und beginnt, darin etwas zu suchen.

„Warum weißt du eigentlich nichts davon, dass ein neues Pferd kommt?“, flüstert Daisy mir zu. „Und dass es ein Luxuspferd ist, mit superreichen Eigentümern? Deine Mutter weiß das doch sicher schon länger?“

„Ja, aber ich versuche, die Kommunikation mit ihr auf ein Minimum zu beschränken“, knurre ich. „Ist ja nichts Neues.“

Sie sieht mich von der Seite an. „Du hast eine Zeit lang nichts gesagt. Da dachte ich, es sei besser geworden.“

„Do you need help?“ Iris hat als Erste von uns endlich geschaltet und nähert sich nun dem Hänger.

Die Blondgelockte kommt wieder zum Vorschein und lächelt Iris an. Sie hat Zähne wie aus der Zahnpastawerbung und Lippen wie aus der Lippenstiftwerbung. Außerdem sieht man durch ihr Top deutlich, dass sie auch einen Busen wie aus der Victoria-Secret-Werbung hat. Und, na ja, die Beine hatten wir ja schon. Mann. Ich kann Daniel eigentlich nicht übel nehmen, dass er sie immer noch wie gebannt anstarrt.

„Vielen Dank", sagt sie in akzentfreiem Deutsch. „Hättest du vielleicht ein paar – wie sagt man – Leckerchen? Chispa ist sehr weit gereist, und Essen beruhigt sie immer …"

„Kenn ich", sagt Iris und grinst die Neue an. „Geht mir genauso!" Sie wendet sich zu mir um, und ich hoffe, dass ihr die Missbilligung in meinem Blick nicht verborgen bleibt. „Klar haben wir was! Rosa, hast du nicht erst einen ganzen Sack gekauft?"

„Ja, hab ich." Von meinem sauer erarbeiteten Taschengeld, füge ich im Geist hinzu. So eine wie die weiß sicher nicht mal, wie man Arbeit buchstabiert.

Iris wirft mir einen vielsagenden Blick zu und deutet mit dem Kopf in Richtung Futterkammer. Plötzlich fällt mir auf, wie kindisch und kleinlich meine Gedanken sind. Ich weiß überhaupt nichts über das Mädchen! Dass ihr Vater offensichtlich Kohle hat, sagt nichts über ihren Charakter aus! Ich fange schon an zu ticken wie meine Mutter!

„Bin gleich wieder da!", rufe ich dem Mädchen zu, fülle in der Futterkammer meine Leckerli-Gürteltasche und bringe sie ihr.

„Danke sehr", sagt sie und strahlt mich ebenso an wie zuvor Iris. „Ich bin übrigens Ollie." Sie streckt mir ihre Hand entgegen, und ich schüttle sie ein wenig zögernd.

„Rosa", sage ich. „Herzlich willkommen im Grillental, Ollie." Ich verkneife mir die Frage „Und wie lang bleibst du?", und deute auf meine Freunde. „Das sind Iris, ihr gehört die Fjordstute ..." Iris schüttelt Ollies Hand und grinst breit und sonnig. „Und Daisy – sie ist die Besitzerin des Schecken. Oder vielleicht ist es auch umgekehrt, das weiß keiner so genau ..."

Ollie lacht. „Ja, das könntest du über Chispa und mich wohl auch so sagen!" Daisy begegnet Ollies strahlendem Lächeln mit ihrem schüchternen.

„Und deiner ist dieser Hübsche hier?", fragt Ollie nun und streicht Sokrates über sein dunkelbraunes Rückenfell.

„Ja, sozusagen." Ich habe keine Lust, der offensichtlich sehr gut betuchten Ollie in den ersten fünf Minuten unserer Bekanntschaft zu verklickern, dass ich von der Kirchenmausfraktion bin. „Das ist Sokrates. Aber jetzt wollen wir mal zusehen, dass wir deine Chispa sicher aus dem Hänger bekommen, oder?"

Wieder ein strahlendes und sehr dankbares Lächeln von Ollie. Sie unsympathisch zu finden, kostet wirklich ziemlich viel Anstrengung. Es ist, als wollte man Delfine unsympathisch finden oder Einhörner oder einen acht Wochen alten Labrador.

„Ähm, hi", kommt Daniels Stimme von irgendwo. Ich drehe mich zu ihm um und fange einen irritierten Blick auf. „Ich bin zwar weder ein Pferd, noch habe ich eins, aber Hallo sagen möchte ich trotzdem."

Oh, peinlich. Da hab ich doch tatsächlich vergessen, ihr Daniel vorzustellen.

„Ich bin Daniel. Freut mich, dich kennenzulernen."

Sie lacht auf. „Entschuldige! Aber Pferdebesitzer sind wohl so. Erst werden die Pferde bequatscht, sie sind das Wichtigste und das Spannendste und bieten immer Gesprächsstoff."

Daniel grinst. „Dann werde ich mir wohl eins zulegen müssen, damit du ab und zu mal mit mir redest."

Ist das nur sein normaler, lockerer Umgangston, oder flirtet er mit ihr? Daniel und Flirten – eine Kombination, die mir noch vor ein paar Tagen – noch gestern! – nie in den Sinn gekommen wäre.

„Okay", unterbreche ich diese Unterhaltung. „Also, wollen wir dein Pferd noch länger im Hänger schmoren lassen, oder holen wir es endlich raus?"

Immerhin ist es ein weiterer strahlender Frühsommertag, und es hat sicherlich schon fünfundzwanzig Grad im Schatten. Die Haltung des spanisch sprechenden Fahrers, der am Wagen lehnt und auf seinem Handy rumspielt, scheint eindeutig zu sagen: „Ich bin nur der Fahrer. Mit allem anderen habe ich nichts zu tun."

„Oh, der Hänger ist klimatisiert, keine Sorge!", sagt Ollie, als wäre es das Selbstverständlichste der Welt. Daisy, Iris und ich tauschen Blicke aus. Ich wusste nicht mal, dass es Hänger mit Klimaanlage *gibt*!

Vom Eingang des Hotels kommt ein Zuruf von Ollies Vater, sie brüllt auf Spanisch zurück, er nickt, verschwindet mit dem Minihund auf dem Arm im Hotel. Wir öffnen mit vereinten Kräften den Hänger, Ollie geht hinein, um ihre Stute erst mal mit ein paar

Leckerlis und sanften Worten darauf einzustimmen, dass sie in ihrem neuen Zuhause angekommen ist.

Schon als ich nur das Hinterteil des Pferdes sehe, weiß ich, was sich gleich darauf für uns alle bestätigt: Chispa ist eine Schönheit. Eine kompakte, aber dennoch zart wirkende Criollo-Stute, falbfarben, aber ein ganz ungewöhnlicher, fast silbergrauer Falbton, mit dunkler Mähne und dunklem Schweif. Auch ihr Kopf ist dunkler als der Rest des Körpers und hat einen braunen Unterton, ebenso wie die Spitzen von Schweif und Mähne. Zarte, aufmerksame Ohren, schwarze Nüstern und wunderschöne dunkel glänzende Augen vervollständigen das Bild einer echten Prinzessin.

„Wow“, sagt Iris und nimmt den zweiten Strick, als Ollie beginnt, ihre Stute vorsichtig rückwärts aus dem Hänger zu führen. Daisy schweigt nur ehrfürchtig und lässt ihre Blicke über den vollkommenen Pferdekörper gleiten.

„Sie ist wunderschön“, sage ich.

Sogar Daniels Blick wandert vorübergehend von der Besitzerin zu dem Pferd.

„Ja, sie ist eine Prinzessin, stimmt's, meine Schöne?“ Ollie streicht über die samtigen Nüstern ihrer Stute und bietet ihr ein Leckerli an. Einen Moment lang habe ich die irre Vorstellung, dass das Pferd nur angewidert schnauben und Ollie mir verlegen erklären wird, Chispa sei nun mal Besseres gewohnt. Aber die Stute inhaliert ein Leckerli nach dem anderen, und Ollie schenkt mir wieder mal ihr gewinnendes Lächeln.

„Apfel, nicht wahr?"
„Ja."
„Ihre Lieblingssorte."
„Sokrates' auch." Ich lächle vorsichtig zurück. Sie scheint ja wirklich nett zu sein. Und immerhin gut für ihr Pferd zu sorgen. Und sie kann ja nichts dafür, dass sie reich und abartig hübsch ist.

Unsere Pferde beginnen ungeduldig zu werden, sie wollen zurück auf die Koppel. In diesem Moment kommt auch Max, der sich um Fütterung und Pflege der Hotel- und Einstellpferde und der Streichelzootiere kümmert.

„Hallo – Ollie Rojas, nicht wahr? Ich bin Max Gerhart, wir haben telefoniert. Die Stute wird erst mal für ein, zwei Tage auf dem kleinen Paddock bleiben, dann gewöhnen wir sie an die anderen Pferde. Die Herde ist klein, und es gibt genug Ausweichraum. Ich glaube nicht, dass wir Probleme haben werden."

„Alles klar." Sie schenkt uns ein kleines Fingerwinken, das den bösartigen Teil von mir an das Winken der Queen erinnert, wenn sie in ihrer Kutsche durch die jubelnde Menge fährt.

„Na dann", sagt sie, „wir sehen uns sicher bald?"
„Klar", sagt Iris.
„Sicher", sagt Daisy.
„Das hoffe ich", sagt Daniel.
„Mhm", murmle ich, löse den Knoten, mit dem Sokrates' Strick festgemacht war, und halte ihm ein Leckerli hin. Und er tut etwas, was er noch absolut nie getan hat: Er ignoriert das Leckerli und geht auf

Chispa zu, bis sie Nase an Nase stehen. Ihre Ohren wandern aufgeregt hin und her, ihre Nüstern zittern. Dann beruhigt sie sich und lässt sich beschnuppern (von dem gewöhnlichen Landjungen, wie mein böses Ich lästert, der nur nicht weiß, dass er nicht gut genug für sie ist).

Zum Glück für sie sagt Ollie genau das Richtige: „Oooh, wie süß! Liebe auf den ersten Blick! Und so ein hübscher Junge! Hast du aber Geschmack, mein Mädchen!“ Es wird immer schwieriger, sie unsympathisch zu finden!

Und jetzt hält sie meinem Pferd ein Leckerli hin, und er nimmt es! Er scheint zwar halb in Trance zu sein und wendet seine Aufmerksamkeit nicht von der neuen Stute, während er kaut, aber trotzdem!

Ich nehme Sokrates am Halfter, und er starrt Ollie und Chispa nach, die von Max in Richtung Privatboxen gelotst werden, bis sie nicht mehr zu sehen sind. Na toll, mein bester Freund *und* mein Pferd sind hin und weg! Wie soll man sich da nicht verraten fühlen?

Die Mädels sehen dem Grüppchen ebenfalls nach. Vermutlich fragt Iris sich, ob Ollie bei uns wohl ihren Platz einnehmen wird.

NEIN, Iris, wird sie nicht!

Vermutlich überlegt Daisy, hypersensibel für diverse Schwingungen, wie sie nun mal ist, wie „freundlich“ sie zu Ollie sein darf.

GAR NICHT FREUNDLICH, Daisy!

„Sie scheint sehr nett zu sein“, sagt Daniel in die Stille.

„Hmhm“, murmeln wir alle und sind plötzlich sehr mit unseren Pferden beschäftigt.

„Okay, also ich fahr dann“, meint Daniel und geht zu seinem Fahrrad. „Ach ja, bevor ich’s vergesse, Rosa …“

Ich drehe mich zu ihm um, und irgendwie hoffe ich plötzlich, dass er jetzt irgendwas sagt, ich weiß selbst nicht, was das sein sollte, nur irgendetwas, das …

„Deine DVD“, sagt er und reicht mir ein kleines Kartonkuvert. „Du hast heute Morgen die leere Hülle mitgenommen.“

„Oh. Ach so. Alles klar. Danke.“

„Also, bis dann.“

„Bis dann.“

Was ist das, was sich da in meiner Magengegend plötzlich zusammenkrampft? Ist das Eifersucht? Aber worauf? Er hat nur mit ihr geredet. Und ich bin doch seit Ewigkeiten mit ihm befreundet! *Nur* befreundet! Und was anderes will ich doch auch gar nicht! Oder? Bis jetzt hat es mich nie gestört, wenn er mit anderen Mädchen geredet hat – ich wusste ja, dass keine mir gefährlich werden konnte. Als beste Freundin. Und was anderes ist mir gar nicht in den Sinn gekommen. Aber jetzt … seit gestern ist alles ohnehin komplizierter. Ich war gerade erst dabei, herauszufinden, was mit uns passiert ist, und genau da muss Ollie hereinplatzen. Ein neuer Faktor. Als ob sich ohne sie nicht schon genug verändern würde!

Daniel radelt nach Hause, wir bringen unsere Pferde auf die Koppel und räumen Sättel und Zaumzeuge weg. Dann holen auch wir unsere Räder und fahren zu mir.

Wir machen Pancakes mit dem amerikanischen Fertigmix, den mir Anita immer mitbringt, mit Ahornsirup und Heidelbeeren. Und als hätten wir es verabredet, quatschen wir über so ziemlich alles außer über Ollie. Und Daniel. Als die Pancakes verdunstet sind, machen wir uns noch Popcorn in der Mikrowelle, ich koche uns heiße Schokolade mit Minimarshmallows, und wir ziehen uns ein paar Folgen „McLeod's Daughters“ rein. Und irgendwann haben wir beinahe vergessen, dass Iris bald nicht mehr hier neben uns sitzen wird. Das richtige Essen macht eben einfach alles besser. Dann muss ich zum x-ten Mal daran denken, wie Daniel Ollie angestarrt hat. Na ja. Vielleicht nur fast alles.

3. Über den Dingen

Ich bin gern bei Daisy zu Hause, alles ist so schön entspannt bei ihr. Man darf essen, wo immer man will – im Bett, auf dem Sofa, auf dem Teppich – meine Mutter dagegen macht schon einen Aufstand, wenn ich mal in meinem Bett Popcorn esse. Dabei bin ich es doch, die dann auf den Krümeln schlafen muss! Nicht, dass ich krümle, aber es geht ums Prinzip!

Ich darf jederzeit bei Daisy übernachten und muss Mila, Daisys Mutter, nicht einmal fragen. Allerdings kann es schon vorkommen, dass nichts zum Frühstück da ist oder nichts zum Abendessen. Oder weder noch. Aber das macht nichts, dann fahren Daisy und ich morgens eben mit dem Tandem (Ja, sie haben ein Tandem!) und holen Brötchen.

Und abends kochen wir Fantasiemenüs aus allem, was wir im Kühlschrank und in der Vorratskammer finden. Buchstabennudeln mit Avocado und Dosenmais. Pizza mit Zucchini, Ananas und Oliven. Pfannkuchen mit Waldbeeren und Schokoladeresten von Ostern.

Daisys Mutter findet es toll, wenn wir kreativ sind, und die Kleinen essen zum Glück so ziemlich alles, Hauptsache, sie dürfen beim Kochen helfen. Sie sind ja echt süß, die beiden, nur manchmal wird es anstrengend, weil Daisy sie jede Sekunde im Auge behalten muss. Es ist nicht mal so, dass Mila Daisy dazu verpflichtet. Sie verschwindet nur einfach mal eben für fünf, sechs oder auch acht Stunden in ihrem Atelier, um zu malen, und vergisst, dass jemand Niyati regelmäßig fragen sollte, ob sie aufs Klo muss, dass Anisa das kleine Einmaleins immer noch nicht kann und dass die ganze Familie nicht wochenlang von Knäckebrot mit Honig leben kann. Dann taucht sie wieder ganz plötzlich an der Alltagsoberfläche auf, fährt zum Markt, verbringt ganze Tage in der Küche und kocht exotische Fünf-Gänge-Menüs, die dann auch superlecker schmecken. Weil Kochen nämlich auch kreativ ist und sich ihre kreative Energie einen anderen Kanal sucht, wenn sie gerade nicht malt, hat sie mir erklärt. Aber das passiert eben nur manchmal. Daisys Vater ist für Alltagsdinge leider auch nicht wirklich zu gebrauchen – so wie Mila mit ihren Bildern beschäftigt ist, hat er dauernd seinen Roman im Kopf und nutzt jede freie Minute zum Schreiben. Er ist der tollste Vater, wenn es darum geht, mit den Kindern zu spielen oder mit ihnen ein Gemüsebeet anzulegen (das dann wieder vertrocknet, außer Daisy denkt daran, es zu gießen), und er kann auch super Käseomelettes backen, wenn es sein muss – aber er hat keine Ahnung, wann die Kleinen zum Zahnarzt müssen oder was sie für Hausaufgaben haben. Nicht, dass ich wüsste, wie ein „guter“ Vater zu sein hat, ich kenne meinen schließlich nicht mal.

Na, jedenfalls gibt es zum Glück eine Nachbarin, die einmal pro Woche putzt, wäscht und aufräumt, sonst würde der Haushalt wohl trotz Daisys Bemühungen im Chaos versinken.

„Nini, Isa, SpongeBob fängt gleich an!"

Ich kann mir ein Grinsen nicht verkneifen. Da hat Mila sich extra so exotische Namen ausgedacht und nun nennt Niyati sich Nini – jeder denkt, sie heißt Katharina –, und Anisa nennt sich Isa – jeder denkt, sie heißt Isabella. Das kommt davon, wenn man Kindern Namen gibt, die sie selbst nicht aussprechen können, wenn sie klein sind!

Die beiden lassen im Garten ihre Fingermalsachen fallen und kommen johlend zur Terrassentür gelaufen, wo ich sie mit einer großen Wasserschüssel, Seife und Handtuch bewaffnet abfange und halbwegs haustauglich mache, während Daisy ihnen Butterbrote schmiert und den Fernseher einschaltet.

Drei Folgen SpongeBob, das heißt, wir haben etwa dreißig Minuten Zeit, in Ruhe zu quatschen – Luxus!

Daisy gibt jeder kleinen Schwester ihre persönliche Schmusedecke – unverzichtbar zum Fernsehen – und kommt dann mit zwei Gläsern Eistee auf die Terrasse. Sie hat in jedes Glas einen kleinen Minzezweig als Deko gesteckt, und das Ganze sieht sehr fünf-Sterne-mäßig aus. Die Holzterrasse ist von riesigen Topfpflanzen gesäumt: Palmen, Oleander, einem Orangenbäumchen, einem Feigenbaum. Es gibt eine Hängematte und zwei Hängesessel, in denen wir es uns jetzt gemütlich machen. Wenn ich die Augen schließe und, umgeben von warmer Luft, dem Duft der Blüten und dem Summen der Insekten, meinen Eistee schlürfe, habe ich das Gefühl, ich könnte ganz woanders auf der Welt sein: in der Karibik, am Amazonas, in Afrika.

Ich seufze behaglich, und Daisy lacht. „Ja, selbst das Babysitten hat seine guten Momente."

Ich grunze zustimmend. „Iris ist bei ihren Großeltern?"

Daisy nickt. „Familienabendessen. Die Großeltern wird sie dann ja auch nicht mehr so oft sehen."

Es ist leider fast unmöglich geworden, ein Gespräch zu führen, in dem Iris' baldige Abreise nicht zur Sprache kommt.

Ich nicke nur zurück, schließe die Augen und versuche, an gar nichts zu denken. Aber „gar nichts" verwandelt sich sofort in meine Mutter und wie sie die Lippen aufeinanderpresst, wenn sie sauer auf mich ist, und dann in Daniel und unsere Rangelei um mein Tagebuch und dann in Ollie und wie Daniel sie angesehen hat. Und da reicht es mir, und ich öffne die Augen wieder. Das mit Daniel und Ollie ist zwei Tage her und geht mir nicht aus dem Kopf. Daisy sieht mich an und sagt: „Vielleicht solltest du mit ihm reden, weißt du. Er ist bestimmt genauso unsicher wie du."

Wäre Daisy im Mittelalter auf die Welt gekommen, sie hätte sehr gefährlich gelebt. Gedankenlesen stand damals ja nicht so hoch im Kurs. Übrigens bin ich manchmal auch nicht sicher, ob mir meine Freundin ohne diese irritierende Eigenschaft nicht lieber wäre.

„Wer ‚er'? Mit wem soll ich reden?", versuche ich es trotzig mit Dummstellen, aber Daisy hebt nur eine Augenbraue. Ich wollte, ich könnte das auch, es sieht so verdammt überlegen aus.

„Ach, Daniel meinst du", sage ich, als wäre ich eben draufgekommen. Diesmal hebt sie beide Augenbrauen.

„Ich weiß wirklich nicht, was es da groß zu reden gibt", sage ich schließlich. Aber weil ich weiß, dass ich zumindest ein Stück Wahrheit preisgeben muss, damit sie es gut sein lässt, füge ich hinzu: „Ich glaube, es ist jetzt bloß manchmal komisch zwischen uns, weil wir uns so ewig kennen. Früher war alles so einfach, und jetzt sind wir ‚Teenager'" – ich male mit den Fingern Anführungszeichen in die Luft – „und keine Kinder mehr, und da finden das alle plötzlich seltsam. Und wenn *alle* rund um dich etwas seltsam finden, ist es verdammt schwierig, dabei normal zu bleiben."

Daisy überlegt einen Augenblick. „Klar", sagt sie dann. „Versteh ich." Aber ich kann ihr ansehen, dass sie nicht ganz überzeugt ist. „Wenn das alles ist ..." Sie lässt das Ende des Satzes in der Luft hängen, als wäre es eine Frage, und ich gehe zum Gegenangriff über. Ich weiß, es ist nicht fair, aber was bleibt mir für eine Wahl?

„Hast du denn mit Eric geredet?", frage ich, und als Daisy knallrot wird, tut es mir gleich wieder leid.

Eric ist Iris' älterer Bruder, und Daisy ist in ihn verliebt, seit er vom Steg in den Fluss gesprungen ist, um Daisys Lieblingspuppe zu retten. Damals war Daisy etwa fünf und Eric acht oder neun. Zumindest hat es damals irgendwie angefangen, auch wenn es natürlich keine richtige Verliebtheit war. Ich glaube, dass Daisy für keinen Schauspieler oder Sänger schwärmt, liegt einfach daran, dass Eric ihr Held ist. Bestimmt weiß sie, dass die drei Jahre Altersunterschied jetzt noch zu viel sind, aber ich möchte wetten, dass sie sich trotzdem schon vorgestellt hat, wie es wäre, im weißen Kleid neben ihm zu stehen und die Worte „Sie dürfen die Braut jetzt küssen!“ zu hören. Irgendwann kommt schließlich eine Zeit, in der drei Jahre Unterschied kein Nachteil mehr sind, und Daisy ist – als Einzige von uns dreien – ein sehr geduldiger Mensch.

Sie hat es nie zuvor zugegeben, wir haben sie auch nie darauf angesprochen, aber man muss nicht Gedanken lesen können, um zu sehen, dass Daisy Eric anhimmelt. Iris weiß es, ich weiß es, und Eric ... na ja, es ist möglich, dass er gar nicht auf die Idee kommt. Aber genauso möglich ist es, dass er es längst mitgekriegt hat und sich nur nichts anmerken lassen will. Eric ist wirklich cool, er hat dieselben grünen Augen und dunklen Haare wie Iris, ist aber groß und schlank wie sein Vater und sehr sportlich. Außerdem spielt er Gitarre, ist sehr naturverbunden und weiß jetzt schon, dass er Medizin studieren und dann nach Afrika gehen will. Schon ziemliches Helden-Material, oder?

Und nun verschwindet also nicht nur Iris aus dem Grillental, Daisys beste Freundin seit dem Kindergarten, sondern auch Eric, ihr Schwarm. Sie wird ihn nicht mehr von fern beobachten können, sie wird ihn nicht mehr ab und zu bei Iris zu Hause oder in der

Schule sehen. Sie wird den richtigen Zeitpunkt vielleicht verpassen.

Daisy zeichnet mit ihrem großen Zeh Kreise auf die Holzdielen der Terrasse und sieht mich nicht an.

„Es ist nicht so, dass es jeder mitkriegt“, füge ich vorsichtig hinzu. „Aber Iris und ich, wir kennen dich ja doch ziemlich gut …“

„Ich weiß ja, dass es kindisch ist“, meint Daisy mit einem verlegenen Achselzucken.

„Sich in Justin Timberlake zu verknallen, ist viel kindischer“, antworte ich. „Wer weiß, ob er deine Puppe vor dem Ertrinken gerettet hätte. Bei Eric weißt du wenigstens, dass er nicht wasserscheu ist, falls so was wieder passiert.“

Daisy wird noch röter, weil ich die Puppengeschichte erwähne, aber sie lacht immerhin. „Ich glaube nicht, dass ich mit ihm reden werde“, antwortet sie. „Das wird für uns beide bloß schrecklich peinlich. Und es bringt ja auch nichts, so kurz bevor er wegfährt.“

„Reden wird ohnehin überbewertet“, erkläre ich. „In zehn Jahren kommt er wieder, verliebt sich auf den ersten Blick in dich, ihr heiratet und bekommt sieben Kinder.“

„Zwei Kinder“, korrigiert Daisy. „Höchstens.“

„Alles verhandelbar“, meine ich großzügig. „Hauptsache, wir haben die wesentlichen Punkte geklärt.“

„Genau.“ Daisy grinst und schlürft ihren Eistee. „Übrigens sieht er viel besser aus als Justin Timberlake.“

„Viel besser.“

„Und du glaubst, dass es noch nicht jeder mitbekommen hat?“

Ich bin ziemlich sicher, dass ich weiß, wen sie mit „jeder“ meint.

„Ist doch nicht wichtig“, sage ich.

„Nicht wichtig?“ Daisys Ausdruck ist beinahe verletzt.

Ich beeile mich, klarzustellen, was ich meine: „Hat er es mitgekriegt, bedeutet das, er ist sensibel und einfühlsam genug, um es a) zu merken und dich b) nicht merken zu lassen, dass er es gemerkt hat, da zum gegenwärtigen Zeitpunkt eine Heirat ja noch nicht angezeigt ist.“

Daisy kichert. „Und wenn er es nicht mitgekriegt hat?“

„Dann ist es weniger peinlich für dich, und sensibel kann er später immer noch werden.“

Daisy lacht. „Rosa Berendt, Lebensberatung und Motivationstraining.“

Wir lehnen uns zufrieden grinsend zurück, und jede hängt für einen Moment ihren eigenen Gedanken nach. Wäre Iris hier, würden wir schon wieder über etwas anderes reden. Sie würde uns fotografieren und instagrammen, auf ihrem Handy irgendwelche Handtaschen und Schuhe zeigen, die sie unbedingt haben muss, oder Musik vorspielen, die sie heruntergeladen hat. Ich habe mein Handy seit heute Morgen nicht mehr in der Hand gehabt. Wahrscheinlich habe ich siebzehn WhatsApp-Nachrichten, davon mindestens sechzehn von Iris.

„Es wird ruhiger werden ohne Iris“, sagt Daisy.

Ich grinse und schüttle den Kopf.

„Was?“, fragt sie und sieht mich verständnislos an.

„Gar nichts, ich hab nur gerade genau dasselbe gedacht. Obwohl – ich würde mir nicht zu viele Hoffnungen machen, Iris kann auch aus der Entfernung stressen.“

Daisy lacht. „Stimmt. Als sie letztes Jahr in Frankreich war, bei dieser Gastfamilie …“

„Sie hat uns ständig Fotos von dem ekelhaften Essen geschickt, das die ihr vorgesetzt haben!“

„Und dann hat sie sich in diesen Spanier aus ihrem Kurs verknallt …“

„Max!“

„Genau! Und ab da haben wir minütlich Updates gekriegt, wie süß ihr Maxito gerade wieder ist!“

„Und sie hat uns aus jedem Laden Fotos aus den Umkleidekabinen geschickt, und wir mussten immer sofort antworten und ihr sagen, welches Shirt sie nehmen soll und welche Sandalen …“

„… und wenn wir sie warten ließen, wurde sie sauer. Du hast recht.“ Daisy lacht auf. „Es wird wohl doch nicht ruhiger werden.“

Was wir natürlich beide denken: Ja, sie wird sich melden, wir werden skypen und telefonieren und whatsappen und instagrammen und facebooken, aber wie lang wird es anhalten? Sie wird neue Freunde finden. Ihr Leben wird anders sein, wir werden nicht mehr alles mitbekommen, nicht mehr alles über sie wissen, nicht mehr alles verstehen.

Wir seufzen synchron.

„Hat deine Mutter eigentlich was von dem Mädchen mit der Falbstute gewusst?“, fragt Daisy.

Ich bin sicher, sie hat sich Ollies Namen gemerkt. Dass sie ihn nicht erwähnt, ist ein Zeichen ihrer Solidarität, und ich bin dankbar dafür. Auch weil es mir die Gelegenheit gibt, zu beweisen, dass ich drüberstehe.

„Ach, Ollie?“, frage ich so unbeteiligt wie möglich. „Sie kommt aus Mexiko, hat aber hier, glaub ich, Verwandte. Ihr Vater hat ein Haus oder Grundstück hier im Tal gekauft, und während renoviert oder gebaut wird, wohnen die beiden im Hotel.“

„Also bleiben sie länger?“

„Ja, sie kommt wohl auch in unsere Schule.“

„Iris meint, sie ist in Ordnung“, sagt Daisy mit konzentriertem Blick auf ihren Trinkhalm.

„Schon möglich.“ Ich zucke mit den Schultern. „Und was meinst du?“

„Ich muss sie erst besser kennenlernen.“ Daisy, die Diplomatin.

„Und Daniel will sie wohl auch besser kennenlernen.“ Das ist etwas bissiger rübergekommen als beabsichtigt, aber ich konnte mich einfach nicht beherrschen.

Natürlich nur mäßig diplomatisch in Anbetracht meines „Nur Freunde“-Statements.

Daisy macht die Bewegung mit der einen Augenbraue und meint: „Ja, wie gesagt, sie scheint nett zu sein, und sie sieht ja sehr … ansprechend aus.“

„Und ich bin wohl ein Kartoffelsack mit Augen?“

Daisys zweite Augenbraue leistet der ersten Gesellschaft. „Rosa, willst du immer noch ernsthaft behaupten, du seist nicht eifersüchtig?“

„Ach was, es nervt nur, dass er so ist wie alle anderen Jungs. Da muss eine bloß einen kurzen Rock anhaben und alle Gliedmaßen im richtigen Größenverhältnis, und schon wird sie angeschleimt.“

„Er hat doch gar nicht geschleimt. Er war bloß nett.“

Ich setze meine Stimme eine Oktave runter. „Dann muss ich mir wohl auch ein Pferd kaufen, damit du mit mir redest!“

Daisy grinst. „Na gut, vielleicht hat er ein bisschen geschleimt. Kannst du's ihm verdenken? Sie ist bildhübsch und nett.“

„Ich dachte, du musst sie erst besser kennenlernen?“

„Rosaaa …!“ Daisy verdreht genervt die Augen. „Hast du dir denn nie überlegt, dass Daniel irgendwann eine Freundin haben wird? Dass es so, wie es mit euch beiden läuft, dann wahrscheinlich nicht mehr weiterlaufen wird?“

„Wieso kann ich mich nicht einmal in der Woche mit meinem besten Freund treffen, nur weil er sich irgendeine Tussi anlacht?“

„Stell dir mal vor, du bist mit irgendeinem Jungen fest zusammen …“

Irgendein Junge? So weit reicht meine Fantasie nicht. Ich sehe nur wieder Daniel vor mir. Verdammt.

„… und er trifft sich jede Woche mit einer ‚guten Freundin‘ …“ Daisy malt Anführungszeichen in die

Luft, und der Ton, in dem sie ‚gute Freundin' sagt, gefällt mir nicht.

„Sie sehen sich nächtelang Videos an, diskutieren über Bücher, die sie gelesen haben. Dieser rege Austausch findet vorzugsweise im Bett dieses Jungen statt, wo die gute Freundin dann auch gern übernachtet. Das alles wäre dir vollkommen schnurz?"

Ein durchdringendes Kreischen von drinnen erspart es mir, eine Antwort geben zu müssen, denn Daisy springt auf und läuft zu ihren Schwestern.

„Isa hat meine Deckäääh!"

Zwei kleine Mädchen, die um eine Schmusedecke streiten. Auf dem Niveau bin ich dann auch bald, wenn ich nicht aufpasse. Daniel ist nicht mein Eigentum, und er ist definitiv nicht mein fester Freund. Wir sind nur schon so lange befreundet, dass ich wohl so was wie Besitzansprüche stelle. Aber das ist gar nicht gut, das weiß man aus zahllosen Psychotests in bescheuerten Heften. Da muss ich doch drüberstehen. Und wie ich da drüberstehe. Aber so was von total. Vielleicht brauchen wir wirklich etwas Abstand, damit wir dann unsere Freundschaft irgendwie auf erwachsene Füße stellen können. Vielleicht sollten wir unser festes Dienstag-Date sein lassen und uns einfach ab und zu verabreden wie andere Leute auch.

Die Vorstellung, auf meinen Dienstag mit Daniel zu verzichten, versetzt mir einen Stich, und etwas Hysterisches in mir kreischt: „Nein, nein, nein, neiiin!"

Dann fällt mir etwas unglaublich Beruhigendes ein: Daniel hängt doch genauso an unseren Treffen wie ich! Er wird selbst nicht darauf verzichten wollen! Ich denke nur schon wieder viel zu viel nach!

Als Daisy den Streit geschlichtet hat und wieder auf die Terrasse kommt, sitze ich in meinem Hängesessel und lutsche total entspannt an den Eiswürfeln aus meinem Glas.

„Na?“, fragt sie, „Woher auf einmal dieser buddhistische Gesichtsausdruck?“

„So sieht jemand aus, der über den Dingen steht. Ähm: hängt.“

„Alles klar.“ Sie beugt sich plötzlich vor und gibt mir einen so festen Schubs, dass ich fast aus dem Sessel kippe.

„Heee!“, kreische ich und kralle mich gerade noch an den Seilen fest.

Daisy grinst. „Dann pass mal schön auf, dass das so bleibt!“

„Er hat WAS?“ Ich bin ziemlich sicher, dass meine Augen auf unschöne Art aus ihren Höhlen quellen. Und meine Stimme klingt einen Hauch hysterisch.

Meine Mutter sieht von ihren Studienunterlagen auf, und eine Sekunde lang ist mir klar, wie hübsch sie ist – oder wäre, wenn sie nicht ständig so genervt dreinschauen würde. Oder ist sie einfach nur übermüdet?

„Er hat das Anwesen am Südufer gekauft, das große, auf dem Hügel. Das ihr immer ‚eure Ranch‘ nennt, du und die Mädels. Oder ‚die Hazienda‘.“

„Aber, aber … das kann er nicht!“, bricht es aus mir heraus.

Sie sieht mich verständnislos an. „Aber Schatz, das hat er schon. Er hat nicht einmal verhandelt, nach allem, was ich höre. Die Erben haben ihre Preisvorstellung mitgeteilt, und er hat die Kohle über den Tisch geschoben, so einfach ist das." Ihr Blick streift den Stapel Rechnungen an der Seite ihres Schreibtisches. „Für manche Leute." Der Unterton ist nicht zu überhören, und diesmal teile ich ihre Feindseligkeit.

„Aber das ist unsere Ranch!", rufe ich empört. „Wir wollten sie kaufen, Daisy und Iris und ich, wir wollten –"

„... einen Reitstall aufziehen, ich weiß!" Meine Mutter lächelt mich an, eine Mischung aus mitleidig und ungeduldig.

„Genau!", rufe ich trotzig, und um ein Haar stampfe ich mit dem Fuß auf.

„Rosa, ich muss dir doch hoffentlich nicht allen Ernstes erklären, dass dieser Plan total kindlich und unrealistisch war, von Anfang an? Wer hätte das denn alles bezahlen sollen?"

„Das hätte sich schon gefunden", murmle ich. Das hat sie echt drauf, so mit mir zu reden, dass ich mich wie ein Kleinkind fühle, das keine Ahnung vom Leben hat! Machen Mütter eigentlich Kurse in so was?

„Hätte es nicht", sagt sie nun bestimmt. Sie will zurück an ihre Lernunterlagen. „Das war ein Kleinmädchentraum, die erste Ausbaustufe von Kaufmannsladen oder Vater-Mutter-Kind spielen. Es wird Zeit, dass du mal ein bisschen realistischer denkst, Rosa!" Da, gleich noch mal! Natürlich weiß ich, dass es nicht sehr realistisch war! Dass es ein Traum war! Aber hat sie vergessen, wie es ist, wenn Träume kaputtgehen? Oder vielmehr zertrampelt werden von einer dahergelaufenen Lockenbarbie und ihrem Krösuspapa?

„Du kapierst auch überhaupt nichts“, quetsche ich zwischen zusammengepressten Lippen hervor und flüchte aus ihrem kleinen Arbeitszimmer, bevor ich zu heulen anfange.

„Mann, Rosa“, ruft sie mir nach, „jetzt steigere dich doch da nicht so rein! Wie willst du erst reagieren, wenn mal was *wirklich* Schlimmes passiert?“

Kann meine Mutter nicht *einmal* auf meiner Seite sein? Kann sie nicht einfach auch mal etwas Beschissenes, das mir passiert, beschissen finden und mit mir mitleiden, anstatt mich immer nur daran zu erinnern, dass meine Probleme „in der Relation“ ohnehin nicht so schlimm sind? Ich meine, ich *weiß*, dass in Afrika Kinder verhungern, aber soll es mir deshalb egal sein, wenn mein Pferd krank ist oder ich für ein perfektes Referat nur eine Zwei kriege, einfach weil mich der Lehrer nicht leiden kann? Oder wenn meine Freundin von hier wegzieht?

Ich werfe mich auf mein Bett, und zwar *ohne* die Schuhe auszuziehen, das hat sie jetzt davon! Ja, ich weiß, es ist kindisch, und sie kann es ja noch nicht einmal sehen, aber was soll ich denn sonst machen? Mit Geschirr werfen? Einen Schreikrampf kriegen? Und überhaupt ist das mein Zimmer! Und ich könnte auch losziehen und mir ein Nasenpiercing und ein Tattoo stechen lassen. Anstatt einfach nur sinnlos vor mich hin zu heulen, schreibe ich erst mal Nachrichten an Iris und Daisy. Die Antwort von Iris kommt postwendend: „Ich hab's schon gehört. Mach dir nichts draus, ich kaufe uns was noch viel Schöneres, wenn ich reich und berühmt bin ☺!“

Das ist *alles*? Erst bin ich fassungslos, dann richtig wütend auf Iris. Das war unser gemeinsamer Traum! Wir haben unzählige Nachmittage damit zugebracht, uns auszumalen, wie wir die Hazienda in „unsere“ Ranch verwandeln und was wir dort alles machen werden! Wir haben Pläne gezeichnet und die Zimmer aufgeteilt! Wir haben Daisys Mutter sogar schon ein Bild abgeschwatzt, das wir über den Kamin hängen wollten! Und jetzt schüttelt Iris das alles ab wie ein Hund ein paar Regentropfen?

Es gibt im ganzen Tal keinen besseren Platz für eine Pferderanch, aber darum geht es ja nicht einmal. Es geht darum, dass es nicht mehr wichtig für sie ist. Sie ist einfach schon mit einem Fuß in ihrem neuen Leben.

Ich seufze tief und konzentriere mich darauf, nicht wieder loszuheulen. Wenn ich fair bin, muss ich zugeben, dass das auch richtig so ist und für Iris das Beste. Sie muss sich umstellen, an die neuen Gegebenheiten anpassen, nach vorne schauen und so weiter. Es verletzt mich nur irgendwie, dass das bei ihr so schnell geht. Ich schätze, irgendwo tief drin möchte ich, dass sie ebenso unter all dem leidet wie ich. Aber Iris kann so etwas einfach viel besser. Ich hänge immer ewig an Menschen und Dingen und Umständen, an die ich mich gewöhnt habe, und will, dass alles so bleibt, wie es immer schon war. Das sagt zumindest meine Mutter. Und, na ja, in diesem Fall könnte sie recht haben. Von einem Moment auf den anderen bin ich nicht mehr wütend, sondern fühle mich einfach nur schrecklich einsam. Mein Handy vibriert, die Antwort von Daisy. „Ach, Shit. Aber sei nicht traurig. Wenn wir ehrlich sind: Niemand von uns hätte es bezahlen können. Wir kriegen schon noch unsere Ranch!"

Daisy – vernünftig und einsichtig wie immer. In Wahrheit sagt sie nichts anderes als das, was meine Mutter vorhin gesagt hat, aber Daisy kann ich vorsichtig recht geben. Ich *weiß* ja, dass sie mich versteht.

Das Einzige, was mich ein klein wenig tröstet, ist, dass ich recht hatte, Ollie gegenüber misstrauisch zu sein! Was kann man schon von einer erwarten, die ein Minihündchen mit sich rumschleppt, von Geburt an verwöhnt wurde und mit dem ersten Jungen flirtet, der ihr über den Weg läuft?

Noch ein Brummen von meinem Handy, ein Nachsatz von Daisy: „Und vergiss nicht: Es war ihr VATER, der die Hazienda gekauft hat. Sie kann nichts dafür."

Verdammt. Manchmal ist meine Freundin mir eine Spur unheimlich.

„Schon gut, Gandhi", schreibe ich zurück, und dann schicke ich noch: „Ausreiten?" hinterher. Nach einem Streit mit meiner Mutter oder wenn ich wegen etwas anderem aus dem Gleichgewicht bin – und heute trifft ja sogar beides zu –, ist ein Ausritt das Nummer-eins-Rezept, um mich wieder besser zu fühlen.

„Geht nicht ☹", schreibt sie umgehend zurück. „Nini hat Durchfall und Fieber, Mom malt, Dad in der Redaktion. Sorry."

Ich seufze. Es ist nicht fair. Nicht fair, dass Daisy ständig die Verantwortung für ihre Schwestern hat, nicht fair, dass ich mit meinem Zorn und meinem Kummer allein klarkommen muss. Natürlich könnte ich auch Iris schreiben, aber ich bin noch nicht drüber weg, dass sie den Abschied von unserem Hazienda-Traum auf die leichte Schulter nimmt. Da gehe ich lieber allein ausreiten, sonst sage ich noch was, was mir später leidtut. Wir treffen uns abends alle drei im Scheunenkino, bis dahin hab ich mich wieder im Griff.

Ein kurzer Anruf bei Max bestätigt, dass „meine" Pferde frei sind. Ich werde mit Sokrates ins Gelände gehen und dann vielleicht noch mit Fanny aufs Viereck.

Meine Mutter dreht sich zu mir um, als ich an ihrer halb geöffneten Arbeitszimmertür vorbeigehe, aber ich ignoriere sie, schlüpfe in meine Chucks, schnappe mein Fahrrad und bin schon unterwegs zum Stall.

Die Fahrt von unserem Haus zum Hotel führt erst den Fluss entlang, dann durch ein kleines Waldstück und zuletzt einen Hügel hinauf. Der Blick von da oben ist genial, und das rechtfertigt irgendwie den banalen Namen „Hotel Zur Aussicht". Vor allem von den Juniorsuiten unter dem Dach, die es seit der Renovierung des Hotels gibt und die meistens von Jungvermählten auf Hochzeitsreise oder Paaren auf „Miniurlaub" gebucht werden, ist der Ausblick traumhaft. Es gab eine Wiedereröffnungsfete nach dem Renovierungssommer, da waren die Mädels und ich natürlich auch und haben uns alles angesehen. Wir haben Bowle geholt und uns dann auf die Terrasse der größten Suite zurückgezogen. Von oben haben wir dann nicht nur die Landschaft bewundert, sondern auch die Gäste. Es waren alle da, die im Grillental als „prominent" durchgehen. War ein echt cooler Nachmittag, denke ich, ein typischer Drei-Blumen-Nachmittag. Daisy, Iris und Rosa. Und bevor ich wieder sentimental werde, lege ich mir lieber im Kopf eine Ausreitroute zurecht. Sokrates muss sich mal wieder richtig austoben können, also werde ich auf jeden Fall das lange Galoppstück am Fluss nehmen und dann noch eine kleine Waldrunde anhängen, bevor ich über die Felder zum Hotel zurückreite – denselben Weg, den ich jetzt angestrengt bergauf radle.

Schließlich hab ich den Anstieg geschafft, überquere den Parkplatz und rolle den kurzen Weg bergab zum Stall. Niemand da, zum Glück. Ich atme tief ein und nehme eine Lunge voll Stallluft. Nichts gegen Lavendel, aber auf mich wirkt diese Mischung aus Heu und Pferdeäpfeln tausendmal beruhigender. Ich schließe einen Moment die Augen und versuche, alles loszulassen, was mich wütend und traurig macht. Anita hat da so eine Technik, bei der man alles, was einen belastet, in ein Paket schnürt und dann einer violetten Flamme übergibt – natürlich nur bildlich gesprochen.

Mein Problem ist, dass meine Pakete immer so groß und unförmig werden und die arme kleine violette Flamme nicht nachkommt. Mit einem Seufzer schubse ich einfach das ganze Paket in Gedanken den Grand Canyon runter, das kriegt meine Vorstellung irgendwie besser hin.

„Oh, hallo!", sagt eine fröhliche Stimme mit der Andeutung eines Akzents hinter mir. „Das ist ja cool, dass ich meinen ersten Ausritt nicht allein machen muss!"

4. Der Feind in meinem Stall

Wie hat sie es bloß so schnell vom Grund des Grand Canyon hierher geschafft? Immerhin bin ich geistesgegenwärtig genug, das nicht laut zu fragen, und murmle stattdessen ein halbherziges „Hallo". Ollie kommt gerade aus der Sattelkammer, sie trägt einen dieser genialen mexikanischen Sättel mit hohem Knauf und geflochtenen Verzierungen, darunter liegt eine bunte gewebte Satteldecke. Die Steigbügel sind auch aus Leder. Es ist der coolste Sattel, den ich je gesehen habe. Ihre Chispa sieht damit bestimmt aus wie ein aztekisches Königspferd.

„Du muss aber wirklich nicht auf mich warten", sage ich, während sie ihren Sattel zielsicher über den Sattelhalter legt, den ich sonst immer benutze. „Ich brauche noch länger!"

„Oh, ich habe nichts weiter vor", meint sie gut gelaunt.

„Aber ich mache Dehnungsübungen mit Sokrates! Und ich muss seine Zähne mit so einer Paste behandeln …"

„Kein Problem, wirklich! Deine Gesellschaft ist mir ein bisschen Wartezeit wert!"

Die muss man wohl mit dem Zaunpfahl erschlagen, winken reicht nicht!

„Außer natürlich, du möchtest lieber allein ausreiten?" Sie sieht mich fragend an.

„Nein, nein ...", quetsche ich heraus. *Allein* will ich nicht ausreiten, nur ohne dich!!!

„Wie schön!" Sie sieht mich treuherzig mit ihren großen nougatbraunen Augen an. „Ich kenne mich ja hier noch überhaupt nicht aus, und ich habe auch einen schrecklich schlechten Orientierungssinn! Also, wenn ich allein losreite, finde ich vermutlich nie wieder nach Hause!"

Ah! Meine Motivation erhöht sich gerade! Ich denke an Hänsel und Gretel und eine komplizierte Waldrunde, und ein Lächeln stiehlt sich auf meine Lippen.

„Du bist noch hübscher, wenn du lächelst!", sagt Ollie prompt, und ich muss mich beherrschen, nicht die Geduld zu verlieren. Kann sie nicht endlich aufhören, so unnatürlich NETT zu sein?

Doch sie begleitet mich in die Sattelkammer, trägt meine Putzbox für mich, bevor ich sie daran hindern kann, hebt das Zaumzeug auf, das mir versehentlich runterfällt, und die ganze Zeit über plaudert sie und ist freundlich und strahlt unwiderstehlich vor sich hin. Da geht sie jetzt in ihren lässigen Cowboyboots, den knallengen Jeans und ihrem roten Spaghettitop auf die Koppel zu, die langen dunkelgoldblonden Naturlocken wehen im leichten Sommerwind. Ihr Teint hat diesen natürlichen bronzefarbenen Schimmer mancher südländischer Blondinen, und ihr versonnenes

Lächeln ist auf Chispa gerichtet, die seit gestern auf der großen Koppel mit den anderen steht. Sie sieht aus wie das Model auf einem besonders kitschigen Wendy-Cover. Nur, dass sie eben echt ist.

Nein, nein, Moment, das Cover ist erst jetzt perfekt, wo sie der traumhaft schönen Criollo-Stute das bestickte Halfter überstreift und die samtigen Nüstern liebkost. Oh Mann! Ich bin mitten in einem Pferde-Fotoroman gelandet! Und zu allem Überfluss gibt sich Sokrates auch noch als Statist her! Er weicht nicht von Chispas Seite und lässt sich von Ollie begrüßen, als würde er sie schon ewig kennen!

Darf ich bitte endlich aus diesem zuckersüßen liebesperlenbunten Alptraum aufwachen?

„Siehst du, unsere Pferde mögen einander auch!“, sagt das Covergirl.

AUCH!!!

„Trifft sich doch gut, oder?“

„Ja, ganz toll.“ Meine Stimme trieft vor Sarkasmus, aber dagegen scheint Ollie immun zu sein. Ich mache noch einen Versuch. „Solltest du nicht erst mal im Viereck reiten, bevor du mit ihr ins Gelände gehst? So zum Eingewöhnen?“

„Oh ja, absolut!“, stimmt Ollie sofort zu und nickt enthusiastisch. „Aber das hab ich gestern Abend gemacht, Iris hat mir alles gezeigt. Und Chispa war so ruhig und entspannt, dass ich mir gedacht habe, heute kann ich schon mit ihr rausgehen. Ich bin ja so stolz auf sie! Das Klima ist ganz anders als in Mexiko, und trotzdem hat sie sich so schnell …“

Aber ich habe ihr Geplapper schon längst ausgeblendet. *Iris* hat ihr alles gezeigt? Dann wusste Iris wohl auch aus erster Hand, wer die Hazienda gekauft hat. Und hat kein Wort gesagt! Wie konnte sie nur! Das ist … das ist … Hochverrat! Wenn sie nicht so bald hier wegziehen würde, wäre ich wochenlang sauer auf sie!

„… die erste Freundin, die ich hier habe, und dann zieht sie gleich wieder weg …", dringt Ollies Geplapper langsam wieder zu mir durch.

Sie ist nicht deine FREUNDIN! Du hast sie gerade erst kennengelernt, verdammt! Sie ist *meine* Freundin, auch wenn sie sich gerade nicht so benimmt!

„Aber wir werden bestimmt auch Freundinnen, nicht wahr? Du und ich? Und Daisy natürlich. Ich hatte gleich so ein gutes Gefühl, als ich euch hier gesehen habe. Erst wollte ich ja nicht weg aus Mexiko, aber jetzt, wo ich euch kenne und wo Chispa sich hier so wohlfühlt und auch schon einen Freund hat … und unser Haus wird sicher auch toll, ihr müsst unbedingt kommen, wenn es fertig ist!"

UNSER Haus!!!

„Aber einstweilen ist es auch hier im Hotel sehr nett, die Suiten sind zwar klein, aber gemütlich, vielleicht wollt ihr mich mal besuchen kommen?"

KLEIN? Diese Suiten sind die luxuriösesten Hotelzimmer, die ich je gesehen habe! Jede besteht aus Wohnzimmer, Schlafzimmer, Badezimmer mit Whirlpool und einer Extra-Fernsehkuschelecke unter dem Dach, zu der eine Wendeltreppe hinaufführt! Meine

Freundinnen und ich fanden es toll, bei der Eröffnung nur mal einen Nachmittag auf der Terrasse sitzen zu dürfen und so zu tun, als könnten wir uns diesen Luxus leisten!

Während unserer etwas einseitigen Plauderei haben wir unsere Pferde geholt, geputzt, gesattelt und gezäumt. Nun hält Ollie endlich mal die Luft an – oder vielmehr tut sie das Gegenteil: Sie holt tief Luft, steckt zwei Finger in den Mund und pfeift so durchdringend, dass ich unwillkürlich zusammenzuckte und das Gesicht verziehe.

Sekunden später kommt mit fliegenden Ohren der Chihuahua aus dem Nichts angesaust, genau auf Ollie zu, die die Finger vor ihren Hüften ineinander verflochten hat. Der Hund springt, ohne abzubremsen, in diesen „Steigbügel" und von da weiter auf Chispa! Die wendet nur kurz den Kopf nach hinten und scheint rein gar nichts dagegen zu haben, dass der Kleine es sich hinter dem Sattel gemütlich macht!

Ich merke, dass mein Mund offen steht, und klappe ihn zu, während Ollie so aufsitzt, als wäre es ganz normal, dabei das Bein über einen zusammengerollten Chihuahua zu schwingen. Kaum sitzt sie oben, wechselt der Hund die Position und macht es sich hinter dem Sattelknauf gemütlich. Er bewegt sich auf dem Pferd, als wären die beiden eine Zirkusnummer!

„Du … du nimmst … das … den Hund mit zum Ausreiten?", frage ich schließlich, als meine Verblüffung sich so weit gelegt hat, dass ich selbst daran denke, aufzusitzen.

„Oh ja“, meint Ollie. „McCartney ist immer mit dabei. Er und Chispa sind Kumpels.“

„Der Chihuahua heißt McCartney?“ Ich bin so anhaltend verblüfft, dass ich vergesse, distanziert zu sein.

Sie lacht. „Ja. Meine Mutter fand, er hätte denselben Gesichtsausdruck wie Paul McCartney von den Beatles.“

„Ist deine Mutter auch schon hier? Ich hab nur deinen Vater gesehen.“ Die Frage kommt automatisch, obwohl ich eigentlich gar nicht plaudern will.

„Meine Mutter ist vor vier Jahren gestorben. Autounfall.“

Ich wollte, ich hätte nicht gefragt. Was kann man auf so etwas sagen?

„Ich habe meinen Vater nie kennengelernt.“ Es rutscht einfach so raus, ich weiß nicht, warum. Ollie meine Lebensgeschichte zu erzählen, ist sicher das Letzte, was ich will.

Ich treibe Sokrates ein wenig an. Ollie kommt mit Chispa neben mich, und wir verlassen das Hofgelände in Richtung Wald.

„Oh.“ Sie sieht mich mitfühlend an. „Ist er auch gestorben?“

„Er hat meine Mutter verlassen, als er erfahren hat, dass sie schwanger ist. Seine Eltern haben ihn wohl dazu gezwungen, was weiß ich. Nach England ins Internat geschickt.“

„Wow. Wie alt waren die beiden denn?“

„Siebzehn.“

„Deine Mutter ist nur siebzehn Jahre älter als du?“

„Sie war achtzehn bei meiner Geburt."

„Trotzdem. Muss cool sein. Ihr seid sicher mehr wie Freundinnen, oder?"

Ich lache nur trocken auf. „Ja, genau", antworte ich, meine Stimme wieder voller Sarkasmus. „Wie Freundinnen."

Ollie nickt. Sie nimmt das wirklich für bare Münze!

„Vielleicht lernst du deinen Vater ja noch kennen?"

„Der soll bleiben, wo er ist", schießt es aus mir heraus. „Wenn er sich nicht für mich interessiert, interessiere ich mich auch nicht für ihn."

Außerdem bin ich viel zu loyal meiner Mutter gegenüber, um mich mit ihm abzugeben, selbst wenn ihm irgendwann einfällt, dass er eine Tochter hat. Meine Mutter und ich haben zwar momentan nicht das beste Verhältnis, aber erstens war das nicht immer so und zweitens hat sie mich immerhin allein großgezogen und sich mit allem rumgeschlagen, was so dazugehört. Es war sicher nicht immer einfach für sie, so viel ist mir klar. Aber wir haben es ohne Vater hingekriegt, und wenn es nach mir geht, bleibt das auch so.

Ollie sieht mich von der Seite an und sagt gar nichts.

Wir sind den langen Wiesenweg und durch das kleine Waldstück leicht bergab im Schritt geritten. Nun lassen wir die letzten Bäume hinter uns und haben freien Blick auf den Fluss, der an dieser Stelle besonders wildromantisch ist. Felsen, Gischt, ein Steilufer auf der anderen Seite und ein langer, gerader, leicht ansteigender Weg. Weicher Waldboden, links und rechts von Wiese gesäumt – das Traum-Galoppstück eines jeden Reiters. Ich kann nicht anders, als Ollie einen Seitenblick zuzuwerfen. Bestimmt gab es in Mexiko auch tolle Reitstrecken – aber an dieser Stelle hat es noch jedem den Atem verschlagen. Und aus irgendeinem Grund ist es mir plötzlich total wichtig, sie zu beeindrucken.

Sie enttäuscht mich nicht: Ihre Augen werden noch größer, und sie scheint die Aussicht mit einem tiefen Luftholen richtig einzusaugen. Ein Lächeln macht sich langsam auf ihrem Gesicht breit – dann dreht sie sich zu mir und sagt das einzig mögliche Wort: „Galopp?"

Ich gebe die einzig mögliche Antwort, indem ich zurückgrinse und Sokrates antreibe. Nicht, dass er viel Ermutigung braucht, der Anblick der Strecke hat auf ihn dieselbe Wirkung wie eine lange Gerade auf einen Rennfahrer. Und Sokrates hat einen tollen Galopp – wenn er richtig losgelassen und gestreckt galoppiert, dann ist das beinahe wie Fliegen. Pippin ist bergauf gleich schnell, in der Ebene ist Sokrates schneller. Ginger kann mit beiden über kurze Strecken mithalten, aber sie hat einen stämmigeren Körperbau und kürzere Beine, dadurch wirkt sie einfach nicht so elegant und fühlt sich auch nicht so gut an.

Chispa bleibt hinter uns, registriere ich mit Genugtuung. Offenbar ist ein halber Araber immer noch schneller als ein ganzer Criollo! Dann schließt sie zu mir auf, im ersten Moment erschrecke ich, weil der Hund verschwunden ist, dann sehe ich den Kleinen neben Chispa herrennen – Ollie muss sich Zeit genommen haben, ihn abzusetzen, und hat dann wieder aufgeholt – und zwar ganz mühelos, wie es scheint! Sokrates ist es nicht gewohnt, eingeholt zu werden, und gibt noch mehr Gas – Chispa scheint das als Aufforderung zu verstehen und legt ebenfalls noch einen Zahn zu. Wir galoppieren Seite an Seite, mal hat Sokrates ein bisschen die Nase vorn, mal Chispa. Die beiden scheinen lieber gemeinsam zu rennen als gegeneinander, also genieße ich einfach den Ritt und versuche, alles andere auszublenden.

Kurz bevor der Weg sich in die geschotterte Flusspromenade verwandelt, die von Familien und Rentnern gern für Nachmittagsspaziergänge genutzt wird, müssen wir rechts wieder in den Wald abbiegen, und ich nehme Sokrates zurück zum Trab, dann zum Schritt.

„Er hat einen tollen Galopp“, sagt Ollie anerkennend.

„An Chispa ist alles toll“, gebe ich ehrlich zurück. Es ist viel einfacher, Ollies Pferd toll zu finden als Ollie. Erst jetzt bemerke ich, dass McCartney neben Chispa auf dem Waldboden herläuft, offenbar hat er das Tempo problemlos mitgehalten – er wirkt nicht einmal besonders ausgepowert.

Ollie bemerkt meinen Blick und lacht. „Chihuahuas werden oft unterschätzt und auch falsch behandelt. Ich könnte so wütend werden, wenn ich sehe, wie ein Chi den ganzen Tag in einer Handtasche rumgetragen wird.“

Ich erinnere mich an Ollies Ankunft. „Aber als du aus dem Auto gestiegen bist, hattest du ihn auch auf dem Arm – und dann dein Vater ...“

„Ja, weil ich nicht wollte, dass er auf den Portier des Hotels losgeht! Er mag nämlich keine Uniformen, der kleine Spinner. Nein, nein, McCartney ist kein Handtaschenhund. Chis sind klein, aber doch richtige Hunde. Sie brauchen viel Auslauf und sind auch sehr ausdauernd – und mutig. Und etwas eingebildet, stimmt's, Mäckie?"

Der kleine Hund trabt hoch erhobenen Hauptes neben der Stute her, als wollte er Ollies Worte bestätigen. Sie lacht wieder.

„Er ist so ein alberner kleiner Kerl. Ich könnte den ganzen Tag über ihn lachen! Dabei kann er auch ein ganz schön gefährliches Raubtier sein."

„Gefährliches Raubtier?" Das kann sie nicht ernst meinen!

„Für Ratten und Mäuse schon", antwortet sie grinsend. „In Mexiko wurden die Ur-Chihuahuas als Rattenfänger eingesetzt. Damals war die Rasse allerdings auch noch nicht so winzig gezüchtet."

„Hier würde man sich wohl eher eine Katze anschaffen."

„Ja, Papa und ich wollten ja auch eine Katze. Aber meine Mutter war auf Katzen allergisch, also haben wir Mäckie genommen. Er war viel größer als seine Geschwister und deshalb zur Zucht nicht geeignet, also wollte ihn niemand."

„Er ist zu *groß*?", frage ich, schon wieder ungläubig, und betrachte das zartgliedrige Hündchen mit den winzigen Pfoten, dem spitzen Schnäuzchen und den Knopfaugen. Immerhin ist es ein

Langhaar-Chihuahua, die mit kurzem Haar wirken noch kleiner und irgendwie noch weniger wie Hunde.

„Er hat fast fünf Kilo! Damit ist er ein Schwergewicht für Chihuahua-Verhältnisse!"

Darüber muss ich lachen. „Ja, setz ihn auf Diät, den Fettsack!"

Diesen Moment wählt McCartney, um uns einen hochmütigen Blick zuzuwerfen, und nun lachen wir beide.

„Wie lang hast du ihn schon?", frage ich sie.

„Vier Jahre."

„Vier Jahre ...?" Hat sie nicht gesagt, ihre Mutter sei vor vier Jahren verunglückt? Und sie hätten den Hund ihretwegen genommen?

Ollie errät, was mich irritiert. „Ja", sagt sie. „Wir hatten Mäckie noch keine Woche, als der Unfall passiert ist."

Ich weiß, es klingt schrecklich, aber ich will nicht über Ollies tote Mutter reden – ich will kein Mitleid mit ihr haben, und ich will sie auch nicht sympathisch finden. Ich will nicht, dass sie ... warum eigentlich nicht?

„Weißt du, wen ich gestern getroffen habe?", wechselt Ollie das Thema. „Euren Freund Daniel. Unten in diesem kleinen Laden, wo es so ziemlich alles gibt."

Jetzt weiß ich es wieder. Sie verschwendet ja wirklich keine Zeit.

„Er arbeitet im Sommer da", sage ich kurz angebunden. Paula, die Besitzerin, ist seine Tante, die Schwester seines Vaters.

„Oh ja, das hat er mir gesagt. Er hat tonnenweise Hundefutter und anderen Kram in unser Auto geladen, und ich habe ihn auf ein Eis eingeladen. Er ist wirklich sehr nett."

Ich starre geradeaus, als würde mich Bachers Kuhstall da vorn ganz gewaltig interessieren. Trotzdem spüre ich, dass sie mich von der Seite ansieht.

„Daniel hat gesagt, ihr seid Nachbarn?"

„Ja, sozusagen."

„Und sehr gute Freunde?"

„Beste Freunde", korrigiere ich und füge im Telegrammstil hinzu: „Hier noch mal Galopp, okay?"

Ohne Ollies Antwort abzuwarten, galoppiere ich los. Sie steht ja offensichtlich auf Tempo: taucht hier auf, schlägt ein wie ein Komet und beginnt sofort, alles durcheinanderzuwirbeln. Ich weiß, dass es Ollie gegenüber nicht fair ist, so zu denken, aber in meinem Leben ist auch nie irgendetwas fair, verdammt noch mal! Keiner kann von mir erwarten, dass ich vor Begeisterung über ihre Ankunft Salti schlage!

Ollie hat mich auf Chispa sofort wieder eingeholt und galoppiert auf dem ziemlich breiten Feldweg neben mir her – sie genießt sichtlich die Aussicht und die Geschwindigkeit, und irgendwie macht mich das noch wütender. Ohne Vorankündigung biege ich rechts in einen steilen Weg ein, der uns durch den Wald auf die Lichtung oberhalb des Hotels zurückführt. Ich kann mir ein Grinsen nicht verkneifen, als ich beim Zurückschauen sehe, dass sie tatsächlich an der Abzweigung vorbeigeritten ist. Fast hoffe ich, dass sie mir nicht rechtzeitig nachkommt und dann am Ende des Waldstücks nicht weiß, ob sie links oder rechts abbiegen soll, aber da höre ich sie auch schon hinter mir.

„Hey“, ruft sie lachend. „Das war ja unerwartet! Du willst mich wohl abhängen?“

„Oh, sorry“, rufe ich nach hinten. „Aber du weißt ja, wenn man eine Strecke gewohnt ist ...“

„Ja, ja, kein Problem ...“

Ein Glück, dass der Weg zu schmal für zwei Pferde nebeneinander ist, so kann sie mein Gesicht nicht sehen. McCartney hoppelt fröhlich neben Chispa her – unglaublich, das kleine Köterchen hat tatsächlich den ganzen Ritt ohne Probleme durchgehalten!

Als wir wieder beim Stall ankommen, verschwinde ich in der Futterkammer, während Ollie noch absattelt. Ich kontrolliere schnell Sokrates' Hufe, während sie das Müsli für ihre Stute holt, und wasche drinnen meine Trense, als sie draußen Chispas Hufe ausputzt. Während Sokrates frisst, hole ich mein Handy hervor, runzle die Stirn und beginne, höchst konzentriert zu tippen, als müsste ich jede Menge wichtiger Nachrichten beantworten. Die einzige Nachricht, die ich tatsächlich habe, ist von Daisy:

„Nini hat jetzt auch noch Fieber, mich könnt ihr leider für heute abschreiben ☹.“

Ich darauf: „Kacke ☹!“

Daisy: „Das kannst du laut sagen!“

Ich: „KACKE!“

Daisy: „Witzig!“

Ich: „Deine Mutter?“

Daisy: „Im Atelier. Nicht ansprechbar."

Ich: „Dein Vater?"

Daisy: „Redaktion. Abgabeschluss übersehen."

Oh Mann. Ich würde echt verrückt werden mit solchen Chaoten-Eltern. Aber ich versteh auch, dass sie Nini und Isa nicht im Stich lässt. Wenn ihre Mutter so drauf ist, dann ist sie nicht die Richtige, um sich um zwei kranke Kinder zu kümmern. Traurig, aber wahr.

Ich: „Scheunenkino-Eröffnung ohne dich ist doof!"

Daisy: „Ich weiß ☹."

Der erste Scheunenkino-Abend des Sommers, das ist immer ein Drei-Blumen-Pflichttermin. Ich bin echt sauer auf Daisys Mom. Ist ja nicht so, dass im Grillental ständig der Bär los ist! Kann sie nicht morgen malen und sich heute um ihre Kinder kümmern wie jede normale Mutter? Daisy würde sagen: „Nein. Kann sie nicht. Und wir leben schließlich von den Bildern. Also ist Babysitten sozusagen mein Beitrag zum Familieneinkommen." Ja, aber wer muss mit dreizehn so einen Beitrag leisten? Das alles beschäftigt mich so, dass ich gar nicht künstlich erschrecken muss, als Ollie plötzlich neben mir steht und „Also dann …" sagt.

„Oh, sorry!", sagt sie, als ich hochfahre. „Wollte dich nicht erschrecken." Chispa scheint viel schneller gefressen zu haben als Sokrates, denn ein Blick zeigt mir, dass Ollie schon mit allem fertig ist. Der Chihuahua läuft ungeduldig im Kreis um sie herum.

„Kein Problem." Ich bemühe mich um ein höfliches Lächeln. „Ich muss nur gerade …" Ich halte ihr mit einem „Was soll man machen?"-Blick mein Handy hin, als wäre ich der am meisten gestresste Manager des Landes.

„Ja, ja, schon klar. Wollte mich nur verabschieden und bedanken, dass du mich mitgenommen hast. War ein toller Ausritt."

„Kein Problem!", gebe ich zurück, den Blick bereits wieder auf mein Handy gesenkt. Und ja, ich komme mir ein bisschen gemein vor. Aber nur ein bisschen.

„Ich hoffe, wir können das bald mal wieder machen!"

„Sicher", antworte ich so wenig überzeugend wie möglich.

„Iris hat meine Handynummer, falls ihr mal irgendetwas gemeinsam unternehmt, wo ich vielleicht mit dabei sein könnte ..."

„Dann melden wir uns." NICHT.

„Super. Also, dann bis bald, Rosa."

„Mhm."

5. Scheune gegen Sandkasten

Als ich kurz vor acht an der Wiesner-Scheune ankomme, stehen schon jede Menge Fahrräder an die Wand gelehnt oder liegen irgendwo zwischen Scheune und Waldrand in der Wiese. Hier muss niemand sein Fahrrad abschließen – im Grillental ein Fahrrad zu klauen, wäre in etwa so, wie im Wilden Westen ein Pferd zu stehlen. Das gehört sich einfach nicht, also tut es auch keiner. Und da hier im ganzen Tal ja nicht nur jeder jeden kennt, sondern auch jeder das Fahrrad von jedem kennt, hätte man von dem Diebstahl ohnehin nicht besonders viel.

Ich finde Iris' Rad und lege meines daneben. Dabei bemerke ich ein nagelneues knallgelbes Mountainbike, das ich noch nie gesehen habe – sieht teuer aus. Wahrscheinlich ein Geschenk von spendablen Großeltern zum Schulabschluss, bin ja gespannt, wer der oder die Glückliche ist.

Als ich auf den Eingang der Scheune zugehe, winkt Noah mir schon von Weitem zu. Er macht wie jedes Jahr die Kino-Bar und hat seltsamerweise gar nicht viel zu tun – um acht beginnt der Film, und normalerweise ist davor immer ein Riesengedränge an der Bar, weil alle sich noch mit Getränken und Popcorn versorgen wollen.

Noahs Vater hatte vor drei Jahren die Idee mit dem Sommer-Scheunenkino. Seinem kreativen Kopf haben wir auch alle anderen Events für Jugendliche in der Umgebung zu verdanken. Er kommt eigentlich aus der Werbebranche, verdient aber mittlerweile mit seinen Pop-up-Events im Grillental und rund um Fehring wahrscheinlich die meiste Kohle. Was mich angeht, sei ihm jeder Cent gegönnt, denn wir sind heilfroh, ihn und seine Ideen zu haben – ohne das Scheunenkino kann ich mir den Sommer im Grillental nicht mehr vorstellen. Einen Catering-Service betreibt er auch und ist damit der beste Ansprechpartner für Jugendliche, die Sommerjobs suchen. Die sind bei uns nicht gerade dicht gesät, wie man sich vorstellen kann.

Noah winkt mich ungeduldig mit der Rechten zu sich, in der Linken hält er eine Holunderblüten-Minze-Limo mit extraviel Minze und extraviel Eis. Ich grinse ihm entgegen – er hat sich meinen Vorjahres-Lieblingsdrink gemerkt, das finde ich echt nett.

Iris hat letzten Herbst schon gemeint, Noah würde auf mich stehen, aber Iris sieht, wie gesagt, überall rosa Wolken, auch an einem ganz klaren, romantikfreien Himmel. Und außerdem flirtet Noah berufsmäßig. Er ist siebzehn und arbeitet schon seit ein paar Jahren für den Catering-Service seines Vaters. Dadurch lernt er haufenweise Leute kennen und ist lockeres Plaudern mit allen Altersstufen gewohnt – und auf lockere, selbstbewusste, witzige Jungs stehen Mädchen nun mal, ich eingeschlossen. Noah sieht dazu auch noch gut aus: groß, sportlich, blond, braune Augen, Typ Beachvolleyballer. Iris hatte mal eine Zeit lang eine Schwäche für ihn, da haben Daisy und ich ständig Schwärmereien zu hören gekriegt. Mal redete sie von „frisch geschälten Kastanien“, dann wieder von „Milchschokoladeglasur“ oder „Schokokaramell“. Er hat braune Augen, wie gesagt. „Und die Lippen! Habt ihr schon mal solche Lippen gesehen?“ Es ist wahr: Noah hat Lippen.

Na ja, Iris ist sehr begeisterungsfähig.

„Hey, Noah!“

„Die Rose aus dem Grillental, voll erblüht in diesem Sommer!“

Ich zupfe an den Spaghettiträgern meines Tops und spüre, wie ich rot werde.

„Mann, Noah, dir ist auch kein Spruch zu peinlich!“

„Keiner“, bestätigt Noah grinsend und reicht mir meinen Becher. „Das erste Getränk geht aufs Haus!“

„Für alle?“, frage ich verblüfft. „Klingt nach einem Minusgeschäft.“

„Nicht für alle“, antwortet Noah. „Nur für die Schönsten der Schönen.“

„Noah!“

„Zu Diensten?“

Ich verdrehe die Augen und bemühe mich um einen neutralen Tonfall. „Also, danke jedenfalls für die Limo!“

Er legt seine rechte Hand melodramatisch auf sein Herz und deutet eine Verbeugung an.

„Hast du vielleicht Iris gesehen?“, versuche ich, das Thema zu wechseln.

„Oh ja“, sagt er bedeutungsvoll.

Ich sehe ihn mit hochgezogenen Augenbrauen an. „Das soll heißen …?“

„Dass sie nicht allein hier ist, sondern mit Miss Mexiko und ihrem Zirkusäffchen.“

Miss Mexiko? Doch nicht etwa …? Noahs Augen deuten nach rechts, zur Festwiese. Mit meinem Drink in der Hand und einem unguten Gefühl im Magen gehe ich langsam weiter und luge zwischen zwei Jungs hindurch, die an der Ecke der Scheune lehnen. Kein Wunder, dass an der Bar nichts los war. Hier drängelt sich die gesamte Jugend aus Grillental und Umgebung um das Holzpodest, auf dem bei Veranstaltungen die Band spielt. Und wer ist das wohl, die auf dem Podest alle Aufmerksamkeit auf sich zieht? Ollie, natürlich, mit ihrem Chihuahua.

„Lass ihn noch mal fliegen!“, ruft Ella gerade. Sie ist ein Jahr älter als wir und hatte früher ihr Pferd auch im Hotelstall stehen, bis ihre Eltern nach Fehring gezogen sind.

„McCartney, *vuela!*“, ruft Ollie, und das kleine Kerlchen springt augenblicklich mit allen vier Beinen gleichzeitig hoch, als wären winzige Gummibälle in seinen Pfoten versteckt! Es sieht wirklich aus, als würde der Chihuahua einen Moment in der Luft stehen bleiben!

Der Kleine landet, und es gibt Gejohle und tosenden Applaus, was das Hündchen aber kein bisschen aus der Ruhe bringt. Er frisst sein Belohnungsleckerli und richtet erwartungsvoll die Augen auf Ollie. Ich sauge wütend an meinem Strohhalm. Sie trägt Jeans-Hotpants, ein schneeweißes Spaghettitop mit einem asymmetrischen Rüschenträger (der wohl Noah an eine Miss-Schärpe erinnert hat) und ihre bestickten Cowboyboots. Mit ihren honigblonden Locken, dem perfekten Bronzeteint und den großen schokobraunen Augen ist sie der Traum jedes Jungen.

Ollie lacht und ruft: „Einen Freiwilligen, bitte!"

Zehn Hände schießen gleichzeitig in die Höhe, und sie macht einen Schritt auf die Menge zu und nimmt eine Hand, zieht jemanden zu sich, in die Mitte des Podestes, wo ich einen hervorragenden Blick auf ihn habe. Auf ihn mit seinen von der Sonne aufgehellten Haarsträhnen, die ihm ins Gesicht fallen. Die er jetzt mit der gefächerten Hand über die Stirn nach hinten streicht, mit dieser typischen Geste. Was es mir erleichtert, seine eigenwillig hellgrauen Augen zu sehen, mit denen er Ollie anstrahlt, als wäre sie eine Oscargewinnerin und er der einzige Journalist, der sie interviewen darf.

Der Schluck Limonade verwandelt sich auf halber Strecke in einen Eisklumpen und landet in meinem Magen wie ein Faustschlag. Ich weiß, so was sagt man nicht und denkt man nicht mal, aber in diesem Moment hasse ich Ollie aus tiefstem Herzen.

Sie geht ein paar Schritte rückwärts, von Daniel weg an den Rand des Podests, und der Hund folgt ihr.

„*Alrededor!*", ruft sie dem Chihuahua zu und zeigt mit dem Zeigefinger auf Daniel. „Rundherum!"

McCartney schießt auf Daniel zu, wetzt zweimal um ihn herum und pfeilschnell wieder zurück zu seiner Besitzerin. Die streckt den rechten Arm nach unten aus, er springt hoch, benutzt ihre Handfläche als Minisprungbrett und sitzt in der nächsten Sekunde in der sicheren Beuge ihres abgewinkelten linken Arms.

Das Publikum johlt, Ollie deutet auf Daniel, als hätte er etwas unsagbar Großartiges zu der Zirkusnummer beigetragen, und er verbeugt sich pflichtbewusst. Noch mehr Gejohle. Und nun streckt er *seine* Hand in ihre Richtung und deutet tatsächlich eine Verbeugung an! Und sie tritt neben ihn, nimmt seine Hand, und sie verbeugen sich gemeinsam. Immerhin kläfft McCartney Daniel wütend an. Der darf seine Gefühle wenigstens offen zeigen. Daniel löst seine Hand aus Ollies und streckt beide Hände mit den Handflächen von sich weg in die Höhe, wie zum Beweis, dass er es nicht wagen wird, Ollie wieder zu nahezukommen. Der Hund hört sofort auf zu bellen, und das Publikum hat wieder einen Grund zum Lachen.

„Rosa! Da bist du ja!" Ich sehe eine winkende Hand, Iris löst sich aus der Gruppe der jubelnden Fans und kommt auf mich zu. Daniel und Ollie bemerken mich nun auch. Während Ollie ebenfalls winkt und mich anstrahlt, als könne sie es nicht erwarten, mich wiederzusehen, kriegt Daniels Gesicht einen angespannten Zug, als unsere Blicke sich treffen. Ich kenne ihn zu lange, um nicht zu erkennen, was das ist: Schuldbewusstsein.

„Hey!", sagt Iris, als sie bei mir angekommen ist.

„Hast du sie angeschleppt?", zische ich halblaut statt einer Begrüßung, denn Ollie ist schon fast in Hörweite.

„Na, hör mal", sagt Iris verblüfft. „Was soll sie denn von uns halten, wenn wir ihr die einzige Attraktion verschweigen, die es hier weit und breit gibt! Sie muss ja denken, wir können sie nicht leiden!"

Ich sehe Iris vielsagend mit gerunzelter Stirn an. Das ist leichter, als laut „Na und?" zu sagen, vor allem, weil Ollie nun schon hier ist und mich schwesterlich umarmt. Es hilft alles nichts, sie scheint sich *wirklich* zu freuen, mich zu sehen. McCartney, der mich offenbar vom nachmittäglichen Ausritt wiedererkennt, springt fröhlich um uns herum.

„Rosa!", ruft Ollie. „Du hast ganz vergessen, mir von eurem Stall-Kino zu erzählen!"

„Wahrscheinlich, weil es ein Scheunenkino ist!", gebe ich zurück, und der Hauch von Bissigkeit scheint doch nicht so wohldosiert gewesen zu sein, denn sowohl Daniel, der jetzt auch dazugestoßen ist, als auch Iris sehen mich ein bisschen peinlich berührt an. Nur an Ollies Fröhlichkeit beißt meine Ironie sich die Zähne aus.

„Oh, natürlich, wie dumm von mir, es ist eine Scheune und kein Stall!" Sie wendet sich Iris zu. „Ich habe nach unserem Ausritt noch zu Rosa gesagt, sie soll mir doch Bescheid sagen, wenn wir etwas gemeinsam unternehmen können …"

Erneut werfen Iris und Daniel mir Blicke zu. Deutliche Blicke.

„Ich hab nicht dran gedacht!“, rechtfertige ich mich. „Hab da gerade mit Daisy gesimst, dass sie heute nicht zur Scheunenkino-Eröffnung kommen kann, weil …“

Verdammt. Ich hatte tatsächlich gerade mit Daisy über den Eröffnungsabend geredet, aber jetzt habe ich es auch noch allen auf die Nase gebunden. So viel zu „nicht dran gedacht“. Ich werde rot und werfe Ollie einen wütenden Blick zu.

„Ich war abgelenkt, weil Daisy mir leidgetan hat! Kann doch mal passieren!“

„Oh ja, natürlich, ich versteh das!“, beschwichtigt Ollie hastig. „Das war doch kein Vorwurf! Und es tut mir so leid, dass Daisy nicht da ist!“

Und mir, dass du statt ihr da bist!, denke ich, so laut ich kann.

Leider nicht laut genug, denn Ollie hakt sich bei mir unter, und wir gehen Arm in Arm zum Eingang, ob ich will oder nicht. Noah wirft mir einen amüsiert-fragenden Blick zu, und ich antworte mit einem Schulterzucken und einem „Weiß auch nicht, wie ich dazu komme“-Blick. Er lacht, schüttelt den Kopf und wendet sich wieder seiner Kundschaft zu.

Die Wiesner-Scheune hat bei der Renovierung durch Noahs Vater einen coolen Holzboden aus alten Dielen bekommen, und die Zuschauerreihen bestehen aus bunt gemischten Stühlen von Flohmärkten und Dachbodenräumungen. An den Wänden hängen alte Schwarz-Weiß-Fotos vom Wiesner-Hof, der vor Jahren abgebrannt ist. Nur die Scheune, die auf vielen Fotos auch zu sehen ist, hat damals das Feuer überstanden. Ich mag es, daran erinnert zu werden, wie alt die Scheune schon ist und dass sie mit der Geschichte einer Familie verknüpft ist, über mehrere Generationen. Iris nennt das „Heimatfilm-Romantik“ und macht sich über mich lustig. Aber als wir auf einem der Fotos bei genauerem Hinsehen ein eingeritztes Herz an einer Scheunenwand entdeckt und dieses Herz tatsächlich draußen an der südlichen Wand wiedergefunden haben, da war sie die Erste, die versucht hat, die Buchstaben im Inneren des Herzens zu identifizieren und zu überlegen, wer das geheimnisvolle Liebespaar sein könnte und ob deren Enkel oder Urenkel vielleicht heute mit uns im Kino sitzen! An der einen kurzen Seite der Scheune ist die Leinwand angebracht, und die gegenüberliegende Wand ist der neueren Geschichte der Scheune gewidmet. Die ganze Wand wurde durch einen aufgemalten goldfarbenen Rahmen in ein riesiges Bild verwandelt – innerhalb des Rahmens hängen Fotos von Scheunenkino-Abenden, Scheunenhochzeiten, Scheunengeburtstagen und anderen Scheunenveranstaltungen. Welche Fotos an diese Bildwand kommen, bestimmt Noahs Vater höchstpersönlich, und die Plätze sind heiß begehrt – jeder will, dass sein Foto an die Wand kommt. Tatsächlich ist bei uns in der Gegend daraus ein geflügeltes Wort entstanden: „Damit landest du an der Wand!“ oder „Das gehört an die Wand!“ hört man inzwischen auch in Situationen, die nichts mit der Scheune zu tun haben, und in Gegenden, die nicht mal in der Nähe der

Scheune liegen. Noahs Vater ist echt ein Marketinggenie. Er schafft es, Dinge ins Gespräch zu bringen und spannend zu halten.

Wir suchen uns eine Sitzreihe, in der noch genug Plätze nebeneinander frei sind. Daniel lässt – ganz Gentleman; Mann, ich möchte ihn schütteln! – Ollie den Vortritt. Das führt zu folgender Sitzordnung: Ollie (und McCartney), Daniel, ich und Iris, die den Stuhl neben sich mit ihrer Tasche reserviert, falls noch jemand aus unserer Clique kommt.

„Ist der Platz für mich, Schwesterchen?"

„Eric!" Iris fegt ihre Tasche zu Boden und umarmt ihren großen Bruder. „Du kommst doch noch! Cool! Und? Wird das was mit dem Praktikum?"

„Ja, Anfang August fliege ich."

„Bombe!" Iris strahlt ihren Bruder an, und für einen Moment ist die Ähnlichkeit einfach nicht zu übersehen: dieselben grünen Augen, dunklen Haare und dieselbe Nase mit dem kühnen Schwung drin. Nur ist Iris eben klein und kompakt, während ihr Bruder einen Bilderbuchathleten abgibt: breite Schultern, schmale Hüften, über eins achtzig groß. Er steht ein Jahr vor dem Abitur, und ich bin sicher, der weibliche Teil der Abschlussklasse im Fehringer Gymnasium wird ihm mächtig nachweinen.

Aus der letzten Reihe kommen Zurufe von ein paar älteren Jungs, und Eric winkt grüßend nach hinten.

„Du musst aber nicht hier bei deiner kleinen Schwester hocken", meint Iris grinsend, „du kannst ruhig zu deinen Kumpels nach hinten gehen."

„Nö“, erwidert er und wuschelt Iris brüderlich durch die Haare, was diese mit einem strafenden Blick quittiert. „Ich muss doch meine kleine Schwester vor den bösen Mördern und Monstern beschützen.“

Auf dem Programm steht „Warte, bis es dunkel ist“ mit Audrey Hepburn, ein absoluter Klassiker. Meiner (und Daniels) Meinung nach ist dieser Thriller von 1967 spannender als viele mit Special Effects vollgepackten vergleichbaren Filme aus den letzten Jahren. Das ist noch etwas, was ich an Noahs Vater schätze: Er hat einen guten Filmgeschmack und trägt mit dem Scheunenkino wesentlich dazu bei, dass die Grillental-Jugend mal über den cineastischen Tellerrand guckt. Es gibt ein Kinoleben abseits von „Scary Movie“, „Twilight“ und „Transformers“. Die aktuellen Blockbuster gibt's sowieso im Kinocenter an der Schnellstraße nach Fehring, und in die Scheune passen die alten Klassiker besser. „Wait until Dark“, wie der Film im Original heißt (Daniel und ich als erklärte Kinofreaks sehen uns alle Filme im Original an), geht ziemlich an die Nieren – immerhin wehrt sich darin eine blinde junge Frau gegen brutale Einbrecher. Und Iris ist ein Kino-Angsthase – ja, gerade sie, die immer so tough tut und ihre Klappe aufreißt. Gerade bei ihr kriechen die Filmmonster und -mörder dann prompt nachts unter dem Bett hervor.

„Du bist so ein *guter* Bruder!“, seufzt sie. „Ich werde dich schrecklich vermissen, wenn du in Afrika bist.“ Eric hat sich für ein Praktikum in einem Krankenhaus in Kenia beworben. Mit seiner einjährigen

Praxis als Sanitätshelfer kann er sich da schon nützlich machen und Kontakte für später knüpfen, wenn er als Medizinstudent oder fertiger Arzt wieder nach Afrika will.

Grade umarmt er mich – „Hey, Rosa, siehst gut aus!“ – und hält dann seine Faust Daniel hin, der die seine zum coolen Kumpelgruß dagegenschlägt.

„Und du musst der mexikanische Neuzugang sein“, sagt er freundlich zu Ollie, ohne den geringsten Ansatz von Flirterei. Für ihn ist sie einfach eine weitere Freundin seiner kleinen Schwester, nichts mehr und nichts weniger, egal, wie sehr ihr Haar glänzt, ihre Augen leuchten und wie viel Meter Bein aus ihren Shorts herauswachsen. Ich könnte Eric in diesem Moment umarmen.

„Ollie“, sagt sie und streckt ihm die Hand hin. McCartney auf Ollies Schoß lässt ein ganz leises Grollen hören, und komischerweise wird Ollie rot.

„Eric.“ Er nickt ihr freundlich zu und lässt seine Augen die Reihe auf und ab gleiten. „Ist Daisy nicht hier? Ihr seid doch sonst unzertrennlich?“

Iris und ich wechseln einen blitzschnellen verblüfften Blick. Eric fragt nach Daisy? Hat das was zu bedeuten? Ist das etwas, was wir ihr erzählen sollen? Oder macht ihr das nur Hoffnungen, dass mehr hinter einer höflichen Frage nach dem dritten Mitglied unseres Kleeblatts steckt?

„Sie muss wieder mal babysitten“, antworte ich.

Ich sehe gerade noch sein Nicken, da geht die Beleuchtung in der Scheune aus. McCartney hat begonnen, interessiert an Iris' Handtasche zu schnuppern, deshalb bückt Ollie sich (natürlich muss sie dabei Daniels Knie streifen), um ihn zu sich zu holen. Er entwischt ihr und begutachtet Iris' Tasche nun von der anderen Seite. Ich beuge mich auch vor und schnappe ihn am Brustgeschirr. Als ich den widerstrebenden Chihuahua zu seiner Besitzerin ziehe, sind mein Kopf und Ollies für einen Moment ganz nah beieinander.

„Danke!", sagt sie. „Iris muss was Essbares da drin haben." Obwohl es dunkel ist, kann ich wenige Zentimeter von ihrem Gesicht entfernt erkennen, dass sie mir zuzwinkert, als sie mit gesenkter Stimme noch hinzufügt: „Na, ihr habt ja echt gut aussehende Jungs hier!"

Ich denke nicht, dass Daniel sie gehört hat, aber mit ihr gemeinsam zu seinen Füßen herumzukriechen, ist irgendwie eigenartig, also mache ich nur ein zustimmendes Geräusch und setze mich wieder auf meinen Platz.

Offensichtlich ist McCartney ein bombensicherer Indikator dafür, dass Ollie einen Typen attraktiv findet – das Knurren ist ein Zeichen von Eifersucht! Nun hat sie es also auf Daniel *und* Eric abgesehen? Bei denen in Mexiko muss ja einiges los sein!

„Hey, Leute!"

Das Intro des Films hat schon begonnen, und ich brauche einen Moment, bis ich die gehetzte Flüsterstimme erkenne. „Daisy! Du hast es doch geschafft!" Unsere Reihe hat sich gefüllt bis auf den Platz neben Eric, der nur mit dessen Lederjacke besetzt ist.

„Ja, Mila scheint sich die Jobbeschreibung ‚Mutter' näher angesehen zu haben und –"

„Hey, Daisy!"

„Eric!"

Es ist ein Jammer, dass es schon so finster ist, denn in diesen fünf Silben spielt sich ein ganzer Roman ab.

Eric nimmt seine Jacke von dem freien Platz. „Scheint, dass ich den für dich frei gehalten habe!", sagt er zu Daisy, die in diesem Moment ihrem persönlichen siebten Himmel wohl so nahe ist wie noch nie zuvor. Neunzig Minuten neben Eric zubringen zu dürfen, davon kann sie monatelang zehren.

Ich schiele unauffällig nach links. Ollie hat die Beine elegant überkreuzt, ihre Arme verschränkt. McCartney hat es sich in ihrer Handtasche gemütlich gemacht. Daniel sitzt sehr aufrecht und ein wenig steif, seine Finger trommeln unruhig auf seinen Knien. Daisy gibt eine Riesentüte Popcorn weiter.

„Cool!", flüstert Iris und nimmt sich eine Handvoll. „Unsere Scheunenkino-Fee hat an alles gedacht! Ich hab nur Süßkram …" Sie tastet mit der freien Hand in ihrer Tasche nach was auch immer, das vorhin McCartneys Aufmerksamkeit erregt hat.

Ich übernehme inzwischen die Popcorntüte, greife hinein und reiche sie gleichzeitig an Daniel weiter, ohne die Augen von der Leinwand zu nehmen. Er greift ebenfalls in die Tüte, ohne hinzusehen, und unsere Hände treffen sich unerwartet. Es ist wie ein elektrischer Schlag für mich, und ich ziehe meine Hand ruckartig zurück, Popcorn über drei Sitze verteilend.

Daniel sieht mich verblüfft an, und in diesem Moment weiß ich nicht, ob er dasselbe gespürt hat wie ich oder sich nur über meine Reaktion wundert. Ich bin so aus der Fassung, dass ich das Einzige tue, was ich in diesem Moment tun kann, ohne mich selbst zu verraten.

„Kannst du nicht warten?", fahre ich ihn an. „Das Popcorn ist für alle da!"

Er zieht seine Hand zurück und mustert mich mit einer Mischung aus Ärger und … noch etwas, das ich nicht zuordnen kann.

„Schon gut", sagt er. „Was ist denn mit dir los? Raubtierfütterung verpasst?"

Meine Reaktion tut mir ohnehin schon leid, und gleichzeitig bin ich wütend auf ihn. „Ist doch wahr", murmle ich und gebe ihm die Popcorntüte endgültig weiter, ohne ihn anzusehen. Obwohl ich auf die Leinwand starre, kriege ich aus dem Augenwinkel sein Kopfschütteln mit. Die Popcorntüte kommt zurück, nachdem auch Ollie was abgekriegt hat, die natürlich mit McCartney teilt. Der Kleine scheint ganz verrückt nach dem Zeug zu sein. Ich übernehme sie und greife erst hinein, als ich ganz sicher bin, dass Daniels Hand mir nicht mehr in die Quere kommt. Als Iris' Schokolinsen aus der anderen Richtung kommen, gebe ich sie mit spitzen Fingern an Daniel weiter, ohne mir etwas zu nehmen. Eigentlich will ich meinen Blick überhaupt nicht von der Leinwand abwenden, auf der es gerade zum ersten Mal spannend wird, aber ein kicherndes „Ooops!" von Ollie zwingt mich, meinen Kopf zu drehen. Ich sehe gerade noch, wie beide ihre

Hände von dem Päckchen mit dem Süßzeug zurückziehen.

„Sorry!“, sagt er.

„Nein, nein“, flüstert sie halb lachend, „ich war’s, ich bin immer so gierig bei Junkfood, schrecklich. Da bin ich genau wie McCartney!“

„Na, dann bedien dich“, sagt Daniel, und ich höre das breite Lächeln in seinem Tonfall. „Sonst kriegst du noch Entzugserscheinungen!“

„Nein, nein! Du zuerst, wirklich!“

„Nein, nimm nur, ladies first!“

Mann! Nun nehmt euch schon die verdammte Schokolade und hört auf mit diesem peinlichen Getue!

Offenbar haben beide in dem Moment dasselbe gedacht, denn ihre Hände treffen sich erneut, und … ich kann nicht anders als hinstarren … diesmal zieht keiner zurück und keiner entschuldigt sich. Ich drehe meinen Kopf noch ein Stückchen weiter. Von Daniel sehe ich in diesem Moment nur den Hinterkopf, aber Ollies Blick sagt mehr als genug.

Ich stupse Daniel an. „Darf ich auch?“ Er fährt hoch, als hätte ich ihn aus tiefem Schlaf gerissen.

„Oh. Sorry. Ja. Klar.“ Immerhin ist er jetzt so durcheinander, dass er die Tüte vor Ollies Nase wegzieht, noch bevor sie sich etwas nehmen kann, und sie mir hinhält. Aber die Genugtuung währt nur kurz.

„Tut mir leid“, flüstert Daniel ihr zu. „Aber Rosa wird unleidlich, wenn sie unterzuckert ist! Und ich finde es völlig ausreichend, wenn die Leute auf der Leinwand um ihr Leben fürchten müssen!“

Ollie kichert, und ich bin sprachlos. Nicht nur, dass er auf ihre primitive Flirterei anspringt wie ein junger Hund auf einen Tennisball, er stellt mich vor ihr auch noch hin wie ein gieriges Monster!

Mein Blick wandert nach rechts, in der Hoffnung, Unterstützung bei Iris zu finden, doch die hat nur Augen und Ohren für den Film – im Gegensatz zu Daisy. Ihr Blick ist zwar nach vorn gerichtet, aber ich weiß genau, dass sie nichts von dem mitbekommt, was sich auf der Leinwand abspielt. Sie ist nur Zentimeter von Eric entfernt, und dieser Umstand erfordert den Einsatz sämtlicher Sinne. Eigentlich schade um den tollen Film. Ich werde ihn mir mit ihr noch mal ansehen müssen. Ich sehe wieder nach links. Ollies Arme sind nicht mehr verschränkt, die Hände ruhen auf ihrem übergeschlagenen Bein, nur Zentimeter von Daniels Fingern, die aufgehört haben zu trommeln. Seine Rechte ist kaum weiter von meiner Hand auf der Armlehne entfernt. Wie oft habe ich wohl neben Daniel im Scheunenkino gesessen? Oder in seinem Zimmer, auf seiner Patchworkdecke, bei einer unserer Filmsessions? Und habe ich mir jemals den Kopf darüber zerbrochen, wo seine Hand liegt oder meine? Nicht ein einziges Mal. Aber jetzt … heute … auf einmal scheint es nichts Wichtigeres zu geben als seine Hand und meine Hand, und ich muss an dieses Experiment denken, das Daisy vor Jahren mit einem Pendel gemacht hat. Sie konnte es tatsächlich dazu bringen, auf eine bestimmte Seite auszuschlagen. Heute will sie nichts mehr davon wissen und tut das alles als Kinderei ab.

Aber ich *weiß*, dass Daisy so was wie einen sechsten Sinn hat. Sie kann nicht gerade Gedanken lesen oder so, aber sie ist irgendwie feinfühliger und dünnhäutiger als andere Menschen.

Jedenfalls beginne ich, Daniels Hand anzustarren, und versuche, sie mit meiner Gedankenkraft dazu zu zwingen, sich auf meine zu legen. Ohne es zu merken, spanne ich dabei meine Gesichtsmuskeln an und verkrampfe mich, denn plötzlich dreht Daniel sich zu mir und sagt, als er meinen verbissenen Ausdruck sieht: „Ist dir nicht gut?"

„Kopfschmerzen", sage ich geistesgegenwärtig. „Aber es geht schon." Also, auf meine PSI-Kräfte kann ich wohl eher nicht zählen.

Daniel nickt und fährt dann mit den Händen an seinen Nacken, als hätte ihn das an eine Verspannung erinnert, die es zu lösen gilt. Sein Ellbogen berührt Ollies Haare. Sie schaut zu ihm und lächelt. Ich bin ganz froh, dass ich seinen Blick nicht sehen kann.

Ich muss daran denken, was Iris gesagt hat. Dass da eine Spannung ist, zwischen Daniel und mir. „Man kennt das ja, Sandkastenliebe." Aber wie soll man denn wissen, dass man in jemanden verliebt ist, wenn man diesen Jemand schon kennt, seit man Pampers getragen hat? Wie soll man denn rechtzeitig schalten, wenn es einen selbst so überrascht, dass aus der Sandkastenfreundschaft plötzlich was anderes geworden ist? Und was kann man tun, wenn einem klar wird, dass eine neue Scheunenkinoliebe vielleicht stärker ist als eine alte Sandkastenliebe?

Wieder einmal lande ich bei der Frage, wann sich alles verändert hat. Und wieder einmal stelle ich fest, dass mich das nicht weiterbringt. Es besteht immer noch die Möglichkeit, dass ich mich in was reinsteigere. Dass ich bloß verwirrt bin und meine Mutter recht hat und die Pubertät alles Mögliche durcheinanderbringt. Es kann immer noch sein, dass es hier nicht um einen Elefanten geht, sondern bloß um eine Mücke.

6. Die Sünden der Mütter

Scheunenkino ist immer freitags. Ich könnte jetzt sagen, dass ich Samstag, Sonntag und Montag mit Reiten verbracht habe, mit Aushelfen an der Hotelrezeption, mit meinen zwei Freundinnen, von denen eine bald nicht mehr hier sein wird. Das wäre alles die Wahrheit, und dennoch wäre alles gelogen. Tatsächlich habe ich Samstag, Sonntag und Montag mit nichts anderem verbracht, als mir Daniel mit Ollie vorzustellen. Oder vielmehr damit, zu versuchen, sie mir *nicht* gemeinsam vorzustellen.

Ollie habe ich Samstagmorgen im Hotel zuletzt gesehen. Genau genommen musste ich ihr mit einem Ersatzschlüssel ihre Suite öffnen, weil die doofe Nuss sich ausgeschlossen hatte. Dabei hat sie mir erzählt, dass sie am Abend ein großes Treffen mit den Verwandten ihrer Mutter hat, die aus der Umgebung angereist sind. Wenn die Leute extra anreisen, wird sie ja hoffentlich höflich genug sein, jede Minute mit ihnen zu verbringen? Und nicht hinter einem Jungen her sein, den sie gerade erst kennengelernt hat? Dieser Gedanke hat mich zunächst beruhigt, doch dann hab ich Ollie nicht mehr gesehen, weder am Sonntag noch am Montag – was ja an sich nicht schlimm wäre, wenn nicht Daniel *auch* wie vom Erdboden verschluckt gewesen wäre. Es gibt hier für uns nicht so viele Treffpunkte. Einen Badesteg am Fluss (eigentlich zwei, aber an einem davon trifft man vorwiegend Mütter und Omas mit kleinen Kindern), einen Fußballplatz, daneben die Tennisplätze und einen Kiosk. Dann noch die Tankstelle mit dem angeschlossenen Shop, eine Bäckerei mit Stehcafé, einen Kramladen mit Schreibwaren und Büchern und einen weiteren Laden, der so ziemlich alles hat. Über dem Eingang steht groß „Onkel Edis Laden", und „Onkel Edi" ist tatsächlich ein Onkel, nämlich der von Daniel. Weshalb Daniel in den Ferien und an den Wochenenden immer im Laden aushilft, schon seit er zehn ist. Nur nicht diesen Samstag, denn da hab ich zufällig vorbeigeschaut. Und auch nicht gestern, denn da bin ich auch zufällig mit dem Rad vorbeigekommen. Dreimal. Wir haben nicht gesimst, allerdings tun wir das sonst auch nicht so oft. Sonst laufen wir einander einfach über den Weg, und dann machen wir was zusammen, besonders in den Ferien oder an den Wochenenden. Und das hier war das erste Wochenende in den Ferien, und ich habe ihn nicht einmal gesehen! Vielleicht denkt er, ich will Zeit mit den Mädels verbringen, wegen Iris' Abreise? Vielleicht ist er sauer auf mich? Vielleicht ist er bei Ollie? Oder sie bei ihm? Vielleicht kuscheln sie auf der alten, geflickten Patchworkdecke und sehen sich „Notting Hill" an, weil das Ollies Lieblingsfilm ist? Obwohl Daniel romantische Komödien nicht ausstehen kann?

Verdammt noch mal.

Jedenfalls ist heute Dienstag, und Dienstagabend ist unser Abend, Daniels und meiner. Dienstag kann ich bei meinem besten Freund auftauchen, ohne dass es wie Stalking aussieht. Ich kann so tun, als wäre alles in bester Ordnung, und vielleicht *ist* ja auch alles in bester Ordnung. Vielleicht sehe ich nur die Mücken vor lauter selbst gebastelten Elefanten nicht mehr.

Mann!

Montagnachmittag nach unserem Ausritt will ich mich gerade auf den Heimweg machen, als Iris sich vor mir aufbaut. „Rosa", sagt sie. „Erst hast du vergessen, deinen Helm aufzusetzen, dann bist du im Wald falsch abgebogen. Jetzt schwingst du dich aufs Fahrrad, obwohl Sokrates noch nicht einmal fertiggefressen hat!"

Was? Ich schaue verwirrt von Iris zum Sattelplatz, wo Sokrates tatsächlich noch sein Müsli mümmelt, gemütlich wie immer.

„Ich meine, ich bringe ihn sehr gern für dich zurück auf die Koppel", fährt Iris fort. „Kein Thema. Aber bitte – *bitte!* – tu dir selbst einen Gefallen und rede mit Daniel!"

Ich öffne den Mund, um mich zu rechtfertigen, und klappe ihn wieder zu. Wem will ich denn etwas vormachen? Iris, die gewusst hat, was los ist, bevor ich es selber wusste? Oder mir selbst? Wie erbärmlich wär das denn?

„Ich versuch's", murmle ich und trete in die Pedale, ohne Tschüs zu sagen, aber das fällt mir erst auf, als ich schon außer Hörweite bin. Aber Iris versteht das, das weiß ich. Freunde verstehen so was.

„Hey, Rosa“, sagt meine Mutter, als ich unbemerkt an der Küche vorbeiwill.

„Oh“, antworte ich überrascht, als hätte ich sie nicht gesehen, und wappne mich. „Hey. Ich geh nur schnell duschen und dann …“ Ich breche ab.

„Fährst du zu Daniel“, beendet sie den Satz müde. „Schon klar. Ich mach übrigens gerade Essen, falls du vorher noch was willst. Dann versuch ich zu lernen, falls ich dafür nicht zu müde bin. Kommst du später nach Hause oder …?“ Diesmal bricht *sie* ihren Satz ab.

„Weiß noch nicht“, antworte ich trotzig.

„Alles klar. Ich mach Lasagne. Kann man morgen auch noch essen. Aber nimm das Fahrrad, am Abend soll ein Gewitter kommen.“

„Okay.“ Das war's? Keine Grundsatzdiskussion? Keine Standpauke? Keine Vorwürfe? Na ja, mal sehen, wie lange es anhält.

Zwanzig Minuten später bin ich geduscht und mit meinem Aussehen einigermaßen zufrieden. Die Haare sind noch nass, aber auf der Fahrt mit dem Rad in der Abendsonne trocknen sie schnell genug. Ich trage ein schwarzes, im Nacken gebundenes Top zu meinen ausgefransten Denim-Shorts und habe mir die Wimperntusche meiner Mutter ausgeliehen. Lipgloss habe ich auch genommen. Obwohl ich keine rauen Lippen habe.

Ich bin nervös und weiß nicht genau, warum. Jedenfalls würde ich mich gern an meiner Mutter vorbeidrücken, ohne noch einmal …

„Rosa? Gehst du schon? Willst du nichts mehr essen?“ Sie klingt irgendwie enttäuscht.

„Ähm, nein. Sorry. Ich wollte nicht so spät …“

„Kein Problem.“ Mir ist, als würde ihr Blick an meinen getuschten Wimpern hängen bleiben, an meinen glossigen Lippen und an meinem schwarzen Top.

Ich merke, wie ich rot anlaufe – ich wünschte so sehr, ich könnte das kontrollieren!

„Hübsch siehst du aus“, sagt sie.

„Es ist bloß etwas Wimperntusche“, fahre ich sie an, als ob sie mir einen Vorwurf gemacht hätte und kein Kompliment. Sie hebt nur die Augenbrauen. „Sorry“, füge ich hinzu. „Ich … bin nicht so gut drauf heute, schätze ich. Nicht mein Tag.“

„Schon gut.“ Sie mustert mich mit einem Blick, den ich nicht einordnen kann. „Vielleicht macht der Abend den Tag ja wett. Mach's gut, mein Schatz.“

Ich bin so perplex, dass ich vergesse, ihre Verabschiedung zu erwidern. Irgendwie bin ich plötzlich traurig und dann gleich wieder wütend deswegen. Hat sie auf einmal nichts mehr dagegen, dass ich zu Daniel fahre und vielleicht auch dort schlafe? Gibt sie mir „ihren Segen“? Oder wird es ihr nur zu anstrengend, ständig wegen irgendetwas rumzumeckern? *Das* wär ja mal eine gute Nachricht!

Aber seltsam ist es trotzdem. Was ist nur los? Mit mir, mit Daniel, mit meiner Mutter. Mit meinem ganzen Leben. Man kann sich auf nichts mehr verlassen, alles ändert sich genau dann, wenn man sich endlich darauf eingestellt hat, dass es eben so ist, wie es ist.

Ich schwinge mich auf mein Rad und versuche, alles zu vergessen und nur den Wind zu spüren, der durch meine Haare fährt. Ich schaue genau in die untergehende Sonne, bis meine Augen wehtun und ich überall kleine Lichtpunkte sehe. Als ich bei Daniels Haus ankomme, fühle ich mich etwas besser, aber nervös bin ich immer noch. Eigentlich wäre es näherliegend (im doppelten Sinn), die Haustür zu benutzen, aber ich habe einfach keine Lust dazu. Alle Leute nehmen die Haustür. Ich bin Rosa, ich bin Daniels Flusszwilling, seine älteste Freundin. Ich komme durchs Fenster, weil ich das immer gemacht habe. Weil das mein direkter Weg zu Daniel ist. Ich lehne mein Rad an den Baum unter seinem Fenster, klettere bis zum Baumhaus und steige durchs Fenster ein.

„Rosa! Hast du mich erschreckt!"

Ich bin selbst so erschrocken, dass ich mich glatt auf den Hintern setze. „Vera! Du mich auch!" Daniels Mutter ist eben mit einer schmutzigen Socke in der Hand hinter seinem Bett aufgetaucht. Sein Bett ist frisch überzogen, und die Patchworkdecke liegt gefaltet in einem Wäschekorb, zusammen mit T-Shirts, Shorts, Socken und Unterhosen. Daniels Mutter kommt eigentlich nie in sein Zimmer, wenn er da ist, außer es gibt was wirklich Dringendes. Hier oben hat er seine Ruhe, was ich sehr cool finde. Dafür hält er im Gegenzug Ordnung, mehr oder weniger, das ist der

Deal. Wenn Vera also hier im Zimmer ist, dann kann das nur eines bedeuten …

„Ist Daniel nicht hier?“ Ich rapple mich hoch und zupfe mein Top zurecht, dessen Ausschnitt sich durchs Klettern etwas vergrößert hat.

„Nein, er ist für ein paar Tage zu seinem Großvater gefahren, im Garten helfen und fischen gehen“, sagt sie und stapelt die frische Wäsche auf Daniels Bett. „Hat er dir nichts gesagt?“ Ihre Stimme klingt verwundert. Normalerweise hätte er mir so etwas *immer* gesagt, vor allem, wenn einer unserer Dienstage von seiner Abwesenheit betroffen ist.

„Er muss es wohl vergessen haben“, antworte ich. „Und mein Handy spinnt“, erfinde ich noch ein bisschen was dazu. „Ich kriege nicht alle Nachrichten.“

Zielsicher wirft Vera die schmutzige Socke in den nun leeren Wäschekorb. „Eigentlich ist das gar nicht schlecht, dass ich dich mal allein erwische“, meint sie. „Setz dich doch einen Augenblick.“ Dabei setzt sie sich selbst auf das frisch gemachte Bett, sieht mich freundlich an und deutet einladend auf die Stelle neben sich.

Bitte nicht, denke ich. Nicht auch noch *seine* Mutter! Aber ich setze mich natürlich neben sie, mit ein bisschen mehr Sicherheitsabstand als unbedingt notwendig. Ziehe die Füße hoch und schlinge die Arme um meine Knie. Mache die Bewegung dann aber gleich wieder rückgängig, als mir einfällt, dass meine Füße vom Radfahren in Flipflops sicher staubig sind und die Tagesdecke noch nicht auf dem Bett liegt. Ich zupfe an den weghängenden Fäden meiner Jeansshorts.

„Ich weiß schon", lege ich los, um das Ganze abzukürzen. „Ich soll nicht mehr durchs Fenster kommen und nicht mehr hier übernachten, weil die Leute sonst was denken könnten. Ich verstehe zwar immer noch nicht wirklich, warum, aber bitte, wenn das allen auf einmal so wichtig ist …" Ich starre hartnäckig auf die Fransen meiner Shorts und kriege daher nicht mit, was sich während meines Vortrags in Veras Gesicht abspielt. Umso überraschter bin ich, als sie laut herauslacht.

„Na, da hast du ja gründlich was missverstanden", sagt sie, nimmt mich um die Schultern und drückt mich kurz an sich. „Rosa", fährt sie dann ein bisschen ernster fort und rückt ein Stückchen weg, um mich besser ansehen zu können. „Du bist Daniels beste Freundin. Du warst eine Zeit lang seine einzige Freundin, und ich habe dem Himmel gedankt, dass er wenigstens mit dir redet. Er war so verschlossen damals."

Das stimmt. Daniel hatte so eine Phase, mit neun, zehn, da hat er sich in der Schule irgendwie abgekapselt. Er hat Filme geguckt und fotografiert (damals schon) und schrecklich viel gelesen. Wenn ich ihn nicht jeden Tag abgeholt hätte, vielleicht wäre eines dieser Stubenhocker-Kids aus ihm geworden, die nur Computer spielen und keine sozialen Kontakte haben. Das Ganze ist erst ein paar Jahre her, aber es kommt mir vor wie eine Ewigkeit. Ich wäre nicht auf die Idee gekommen, dass Daniels Mutter es mir anrechnet, wie ihr Sohn sich entwickelt hat.

„Du bist fast wie eine Tochter für mich“, fährt sie fort, „und für Paul auch, er zeigt das nur nicht so.“

Daniels Vater ist ein ganz Lieber: Er hat mir Fahrradfahren beigebracht und fischen und mir gezeigt, wie man ein Ruderboot lenkt – so Papadinge eben. Geredet haben wir noch nie viel, und in den letzten ein, zwei Jahren hat es fast ganz aufgehört – ich glaube, es ist ihm ein bisschen unheimlich, dass ich jetzt BHs trage und so. Wahrscheinlich weiß er nicht, wie er damit umgehen soll, er hat ja keine Tochter. Ich mag ihn trotzdem sehr. Wie Daniel sich durchs Haar fährt, mit den gefächerten Fingern, über die gerunzelte Stirn, das hat er von seinem Vater. Manchmal machen die beiden das gleichzeitig, wenn sie nebeneinanderstehen. Zum Schießen! Sonst ist er mehr wie seine Mutter, auch vom Aussehen.

„Von mir aus“, sagt Vera jetzt, „kannst du durch dieses Fenster klettern, bis du neunzig bist.“ Sie lacht. „Du müsstest allerdings eine sehr fitte Neunzigjährige sein.“

Ich muss selbst grinsen, und sie sieht mich so liebevoll an, dass mir alles wehtut. Warum kann *sie* nicht meine Mutter sein? Dann wäre alles viel einfacher. Obwohl, nein, nicht alles. Daniel wäre dann mein Bruder. Vielleicht lassen wir die Dinge doch besser so, wie sie sind.

„Es ist mir völlig egal, was Frau Strehle denkt. Ich denke auch jede Menge über sie, das sie vielleicht nicht hören will, die neugierige alte Schachtel …“ Wir müssen wieder beide grinsen. Ich merke, wie erleichtert ich bin. Nach dem Gespräch mit meiner Mutter hab ich gedacht, ich hätte Vera auf einmal zur Feindin. Jetzt erst wird mir klar, wie schlimm das für mich gewesen wäre. „Niemand würde sich mehr freuen als ich, wenn ihr irgendwann mehr als Freunde wärt, Daniel und du …" Ich werde wieder mal rot und will protestieren, doch sie hebt gleich abwehrend die Hand. „Ich *weiß*, dass das momentan nicht so ist, keine Sorge! Also noch einmal, *mir* ist das alles völlig egal." Sie seufzt. „Und ich wette, nein, ich weiß, dass Ida das auch so sieht. Aber sie war mit siebzehn schwanger. Von einem Jungen, der jahrelang ihr bester Freund war. Als sie dann hierher zu ihrer Großmutter gezogen ist, hat es genug Klatsch gegeben deswegen, das kannst du mir glauben. Sie hat sich durchgekämpft, mit sehr wenig Hilfe von ihrer eigenen Mutter, wie du sicher weißt. Da waren nur deine Urgroßmutter, ein paar Freunde und später deine Tante und ich. Ich bin zehn Jahre älter als Ida. Ich hatte selbst meine Vorurteile, was Teenagermütter angeht, aber ich habe gelernt, deine Mutter zu respektieren. Heute sind wir echte Freundinnen, und ich weiß ziemlich genau, was in ihr vorgeht, Rosa. Sie will dich nur beschützen. Sie will nicht, dass die Geschichte sich wiederholt, verstehst du?"

„Das ist ja alles schön und gut, aber ich bin dreizehn, Himmel noch mal!", rufe ich entnervt aus. „Ist das nicht ein bisschen früh für diese Art Panik?"

Vera zuckt mit den Schultern. „Na ja. Die Dreizehnjährigen heute und die Siebzehnjährigen damals …"

Ich lege den Kopf schief und werfe ihr einen „Ach, komm schon, nicht ernsthaft, oder?“-Blick zu.

Sie lacht. „Du hast ja recht. Sie hat mitgekriegt, dass die Leute im Dorf zu reden anfangen. Irgendwann werden auch auf dem Schulhof die ersten blöden Sprüche fliegen, und ihr werdet damit konfrontiert werden, dass sich eben einiges ändert, wenn …“

„Wenn man kein Kind mehr ist?“, frage ich, und meine Stimme macht Gänsefüßchen um den Satz.

„Genau.“ Ihr Blick ist so mitfühlend, dass ich ihr am liebsten um den Hals fallen und heulen möchte. „Ich weiß, es ist ohnehin nicht so leicht für dich momentan. Deine Mutter hat wenig Zeit, Iris geht weg, und deine Urgroßmutter fehlt dir bestimmt auch …“

Als sie das sagt, gibt es mir einen Stich. Ja, meine Uroma fehlt mir. Und meiner Mom bestimmt auch. Bei unserem letzten Besuch hat sie mich nicht richtig erkannt, oder vielmehr hat sie meine Mutter und mich abwechselnd „Ida“ genannt, als wären wir für sie zu einer Person verschmolzen. Aber daran will ich momentan nicht denken. Ich habe hier eine Gelegenheit, etwas über meine Herkunft zu erfahren, die vielleicht nicht so bald wiederkommt.

„Wie lange waren sie zusammen, meine Eltern? Weißt du das?“

Vera sieht mich überrascht an. „Sie waren überhaupt nicht zusammen“, antwortet sie. „Hast du mit deiner Mutter nie darüber geredet?“

Sehr witzig. Meine Mutter klappt zu wie eine Auster, wenn ich nach meinem Vater frage. Ich weiß nur seinen Namen – Mathias –, aber ich habe nie auch nur ein Foto gesehen. Als Antwort zucke ich nur mit den Schultern.

„Deine Mutter und er waren beste Freunde, so wie du und Daniel“, erzählt Vera. „Sie waren nie zusammen. Im letzten Schuljahr hatte Ida wohl einen anderen Freund, der dann ausgerechnet beim Abschlussball mit ihr Schluss gemacht hat. Also, so habe ich es verstanden.“

Ich kenne ein Foto von meiner Mutter von diesem Abend. Sie hat so hübsch ausgesehen und so glücklich. Vielleicht war sie eine Stunde, nachdem es aufgenommen wurde, schon verheult und am Boden zerstört. Verrückt.

„Der Typ muss ein Idiot gewesen sein“, erkläre ich, plötzlich von Solidarität zu ihr erfüllt.

Vera lächelt. „Das fand dein Vater mit Sicherheit auch“, sagt sie. „Er hat sie wohl an dem Abend getröstet, eines führte zum anderen und –“

„Schon klar“, unterbreche ich hastig. Die Details kann ich mir vorstellen. „Also waren sie tatsächlich nur dieses eine Mal …“

„Wie schon gesagt, ich bin zehn Jahre älter, deine Mutter und ich haben uns erst viel später angefreundet. Und sie hat ja damals in der Stadt gewohnt, mit deiner Großmutter, nicht hier. Das ist jedenfalls die Geschichte, wie Ida sie mir erzählt hat. Sie ist auch mir gegenüber nicht sehr gesprächig, was das angeht.“

Ich nicke. Das mit dem anderen Freund wusste ich bis jetzt noch nicht, und dass Mathias – mein

Vater – und meine Mutter eigentlich nur Freunde waren, bis zu jenem schicksalhaften Abend, das hab ich auch nicht gewusst. Freunde, so wie Daniel und ich. Freunde, die nichts dabei finden, im selben Bett zu schlafen …

Der Gedanke lässt mich von Daniels Bett hochfahren, und Vera sieht mich besorgt an. „Alles in Ordnung? Ich hoffe, es ist okay, dass ich so offen mit dir bin. Ich will nur, dass du deine Mutter ein bisschen besser verstehst. Obwohl sie nie darüber redet, wird über sie geklatscht, seit sie mit knapp achtzehn hierhergezogen ist. Die Leute wissen immer alles oder glauben, alles zu wissen, und was sie nicht wissen, reimen sie sich zusammen oder erfinden es. Ida kam als schwangerer Teenager hierher, und jetzt sind Daniel und du natürlich ein gefundenes Fressen." Sie lächelt ein bisschen mitleidig. „Hier auf dem Land passiert ja nicht viel. Wie gesagt, sie will dich nur beschützen, damit diese Tradition jetzt nach deiner Großmutter und ihr nicht fortgeführt wird und …"

„Meine Großmutter?", frage ich verblüfft. „Sie war doch verheiratet und alles …"

„Deine Großeltern haben viel zu jung geheiratet, *weil* deine Großmutter schwanger war. Die Ehe ging nicht lange gut, wie du weißt."

Das stimmt. Meine Großmutter und mein Großvater waren schon lange vor meiner Geburt geschieden. Meinen Opa sehe ich selten – er ist ein netter Mann, aber irgendwie können wir nichts miteinander anfangen. Er ist nicht wie ein richtiger Opa für mich.

Mein Urgroßvater wäre bestimmt ein toller Opa gewesen. Er sieht so nett aus auf den Fotos. Aber er ist schon vor langer Zeit gestorben.

„Okay“, sage ich und hole tief Luft. „Also, ich werde sicher nicht mit dreizehn schwanger und auch nicht mit vierzehn oder fünfzehn. Und, ähm – was Daniel und mich angeht …“

Vera lacht laut auf. „Mein armer Schatz! Lassen wir's gut sein! Ich wollte wirklich nur, dass du ein bisschen nachvollziehen kannst, wie's deiner Mutter geht, wenn hier im Ort über dich geflüstert und gemunkelt wird. Du bist sehr tapfer, dir das alles anzuhören, Daniel wäre schon längst durch das Fenster abgehauen, das in letzter Zeit so viel im Gespräch ist!“

Ich werfe einen sehnsüchtigen Blick in Richtung Baumhaus, und Vera muss noch einmal lachen.

„Du bist hiermit entlassen, keine Angst! Und du darfst selbstverständlich auch weiterhin so kommen und gehen – wenn du möchtest. Aber du könntest auch einfach mal ausprobieren, die Tür zu nehmen. Wer weiß, vielleicht gefällt's dir ja?“

Doch da bin ich schon beim Fenster, drehe mich nur noch einmal um. „Danke, Vera“, sage ich. „Und bitte grüß Daniel. Oder nein, grüß ihn nicht. Eigentlich ist mir lieber, ich war heute gar nicht hier. Geht das?“

Vera nickt. „Klar geht das“, versichert sie mir. „Komm gut heim, ich glaube, es zieht ein Sturm auf. Und sprich mal mit deiner Mutter. Ist sicher nicht einfach für sie, drüber zu reden, aber ein paar Antworten sollte sie dir schon geben.“

„Mach ich." Und dann bin ich draußen. Vom Fensterbrett auf den Steg, vom Steg ins Baumhaus, vom Baumhaus über die Strickleiter, dann auf die zwei fetten Äste und mit einem Sprung auf die Erde. Ich schwinge mich auf mein Fahrrad und trete in die Pedale, als wäre mindestens der Mörder aus „Warte, bis es dunkel ist" hinter mir her. Die Fahrt zurück ist anstrengender, es geht leicht bergauf, aber ich merke kaum etwas davon.

Meine Großmutter. Ist sie deshalb so distanziert uns gegenüber? Weil sie für ihre Tochter ein tolleres Leben wollte, ein Studium, eine Karriere? Weil diese Tochter, für die meine Großmutter ja bestimmt auch Opfer gebracht hat, zwar Mathias' Zukunft nicht gefährden wollte, aber sehr wohl die eigene weggeschmissen hat? Bestimmt hat meine Oma meiner Mutter geraten, dieses Kind nicht zu kriegen. Bestimmt hat sie es für eine Riesenblödheit gehalten. Und meine Mutter? Tut es ihr heute leid? Würde sie anders entscheiden, wenn sie noch mal in derselben Situation wäre? Wie würde dann ihr Leben heute aussehen? Ob sie oft darüber nachdenkt? Ob sie noch etwas für Mathias empfindet? Meinen *Vater*? Mein Vater war bis jetzt nichts als ein Wort, eine gesichtslose Gestalt irgendwo in der Vergangenheit, die nichts mit mir zu tun hat. Nun kenne ich die Geschichte, und plötzlich hat alles mit mir zu tun.

Der erste Donner grollt, ich erschrecke und verreiße den Lenker, so sehr bin ich in Gedanken versunken. Mit den ersten schweren Regentropfen bin ich wieder zu Hause, stelle mein Rad unter dem Vordach ab, schließe auf. Dabei reißt der Wind mir die Tür aus der Hand und schlägt sie mit einem gewaltigen Knall hinter mir wieder zu. Meine Mutter kommt erschrocken aus der Küche, wahrscheinlich ist sie eben erst mit dem Essen fertig. Sie hat ja nicht damit gerechnet, dass ich so bald wiederkomme. Nun verwandelt sich ihr Gesichtsausdruck in eine Mischung aus Erleichterung und Besorgnis.

„Rosa!“, sagt sie. „Alles okay?“

Ich weiß nicht, was ich darauf sagen soll, und gehe an ihr vorbei in die Küche, setze mich auf einen von Uromas alten hellen Holzstühlen. Draußen beginnt es wie auf Kommando so heftig zu schütten, dass ich meine Stimme heben muss, um das Prasseln auf Dach und Fenster zu übertönen.

„Mathias“, sage ich laut. „Mein … ähm … *Vater*. Kann ich ihn kennenlernen?“

Sie sieht mich an, mehr verblüfft als geschockt. „Ich schätze, das musste irgendwann kommen“, sagt sie viel gelassener, als ich erwartet habe. „Aber das Timing ist trotzdem mehr als seltsam.“

Irgendetwas rührt sich in diesem Moment in meinem Bauch, wie eine Vorahnung. „Wieso?“, frage ich und weiß es im selben Moment.

„Weil ich heute Morgen eine E-Mail von ihm bekommen habe“, antwortet sie. „Unser erster Kontakt seit zehn Jahren. Er fragt, ob wir uns treffen können.“

7. Die Welt ist ein Dorf

Daisy ist sprachlos, Iris nur fassungslos: „Wie bitte? Soll das etwa heißen, er weiß gar nicht, dass du existierst?“

„Er hat meine Mutter bis zu der Klinik begleitet“, erkläre ich. „Dann hat sie ihn weggeschickt, obwohl er bei ihr bleiben wollte. Sie hat ihm gesagt, sie steht das lieber allein durch. Aber da wusste sie schon, dass sie es nicht konnte. Also, dass sie das Kind bekommen würde.“ Das Kind. Es ist ziemlich eigenartig, eine Geschichte zu erzählen, in der man irgendwie selbst die Hauptrolle spielt und von der man gleichzeitig keine Ahnung hat.

„Aber … aber …“, stottert Daisy, immer noch komplett von den Socken. Ich muss sagen, ich kann es ihr nicht verdenken. Ich habe auch eine schlaflose Nacht hinter mir. Und die vielen Tausend Fragen, die ich in den letzten Jahren nicht gestellt habe, beginnen erst jetzt in meinem Kopf eine endlose Liste zu bilden. „Aber … *warum*?“, beendet Daisy ihre nicht besonders komplizierte, aber umso verständlichere Frage.

„Er war ihr bester Freund, hochbegabt, und er war an einer schottischen Elite-Uni angenommen. Sie wusste, er würde sie nicht im Stich lassen. Und sie hat wohl gefunden, es reicht, wenn ein Elternteil für mich seine Zukunft opfert.“ Die Bitterkeit im letzten Satz höre ich sogar selbst. Aber es ist auch nicht besonders toll, draufzukommen, dass man für die eigene Mutter so etwas wie eine riesige Straßensperre auf ihrem Lebensweg war. Und dass man dem Vater komplett vorenthalten wurde, weil ihm dieselbe Straßensperre nicht auch noch zugemutet werden sollte. Man fühlt sich toll, wirklich. So gewollt und angenommen.

Fanny nibbelt ganz sanft an meinem Nacken, als wüsste sie, dass ich ein bisschen Trost brauchen kann. Wahrscheinlich spürt sie es wirklich, Pferde bekommen viel mehr mit, als man denkt.

„Du sagst, dein Vater *wollte* bleiben“, weckt Daisy mich sanft aus meinem Selbstmitleid. „*Und* du sagst, deine Mutter hat sich entschieden, dich zu behalten. Ich gebe zu, es ist nicht gerade ideal, aber es bedeutet doch, dass deine Eltern einander sehr, sehr gerngehabt haben. Und dass deine Mutter dich von Anfang an lieb gehabt hat.“

„Hmpf.“ Da ist was dran, irgendwie. Aber Selbstmitleid passt besser zu meiner allgemeinen Stimmung, da kann ich Daisys Positivdenkerei gerade nicht brauchen. „Ja, er wäre geblieben – vielleicht. Seine Eltern haben ihn nach Strich und Faden bearbeitet, doch nicht ‚so einen Riesenblödsinn‘ zu machen – der ‚Blödsinn‘, das war ich. Sehr viel Rückgrat hatte er wohl nicht.“

Jetzt schaltet sich Iris ein: „Woraus schließt du denn *das* nun wieder?“, fragt sie, die Partei meines unbekannten Vaters ergreifend. „Nach allem, was ich gehört habe, hat er sich doch sehr mutig verhalten!“

„Ja, und wenn er so mutig war, warum hat er dann zugesehen, wie meine Mutter mit diesem anderen Schwachkopf ausgeht? Offensichtlich war er doch in sie verknallt!“

„Wenn sie in jemand anderen verliebt war, hatte er doch keine Chance!“, verteidigt ihn nun auch Daisy.

Und dann wieder Iris: „Oder er war gar nicht verliebt in sie, sondern die beiden waren einfach ... na ja, so wie Daniel und du!“

Ich hole Luft, aber meine Brust ist plötzlich ganz eng. Daisy wirft Iris einen vorwurfsvollen Blick zu.

„Ich meine ja nur, beste Freunde und so“, setzt Iris nach.

Ich schlucke einen dicken Kloß hinunter, der plötzlich in meinem Hals sitzt. „Schon möglich“, sage ich, bevor Daniel und ich hier noch zum Thema werden. „Aber Liebe hin, Freundschaft her ... sie ist aus der Klinik abgehauen. Und weil ihre Mutter genauso über die Sache dachte wie Mathias' Eltern, hat sie den ersten Zug hierher zu ihrer Oma genommen, dem einzigen Menschen, von dem sie sich verstanden fühlte. Wenn das keine Rosamunde-Pilcher-Geschichte ist.“

Wir knüpfen die Stricke los, mit denen unsere Pferde festgemacht sind, und führen sie gemeinsam Richtung Koppel.

„Und danach?“, fragt Iris. „Ich meine, Schottland ist ja nicht aus der Welt. Haben sie nicht Kontakt gehalten? Wollte er sie nicht besuchen kommen, wenn er in den Ferien zu Hause war?“

Ich zucke mit den Schultern. „Hab ich meine Mom auch gefragt. Ja, er wollte. Aber sie hat abgeblockt. Hat gesagt, sie hätte einen Freund und ein neues Leben. Wollte nicht an früher erinnert werden.“

„Das muss ihr verdammt schwergefallen sein.“ Daisy hat Tränen des Mitgefühls in den Augen. „Sie hat damit auf den Vater ihres Kindes und ihren besten Freund verzichtet, das ist ziemlich selbstlos.“

„Findest du?“, sage ich ziemlich scharf zu Daisy. „*Ich* finde es gedankenlos und egoistisch! Ich hätte nämlich gern einen Vater gehabt, die letzten dreizehn Jahre, wenigstens ab und zu!“

„Das stimmt“, gibt Iris mir recht. „Meiner ist zwar manchmal anstrengend, aber ganz ohne Papa …“ Sie bricht ab und sieht mich an, als würde ihr zum ersten Mal richtig bewusst werden, was es bedeuten muss, ohne Vater aufzuwachsen. *Ganz* ohne. „Sie hat wohl so sehr an seine Bedürfnisse und seine Zukunft gedacht“, fährt sie dann fort, „dass sie deine vergessen hat.“

Ich nicke zustimmend. „Selbstlos auf meine Kosten. Ich weiß nicht, ob ich das so toll finde.“

Daisy schaut vor sich hin, als würde sie einen Punkt in ganz weiter Ferne fixieren.

„Und nach dem Studium hat er in London einen Job gefunden“, sagt sie verträumt. „Und dann haben sie sich ganz aus den Augen verloren.“

„Woher weißt du das?“ Iris sieht Daisy verblüfft an.

Daisy sieht sie erschrocken an, als wäre sie eben aus einem Traum geweckt worden. „Wie? Was denn? Hat Rosa doch vorhin erwähnt."

„Hast du?", fragt Iris mich nun verwundert.

„Kann schon sein", sage ich.

Ich weiß, dass ich es noch nicht gesagt habe, aber es war wortwörtlich das, was ich als *Nächstes* sagen wollte. Daisy kann sich wirklich besser in Andere hineinversetzen als irgendjemand sonst, den ich kenne. Ich bin ziemlich sicher, dass sie es besser kann als die meisten Menschen. Manchmal habe ich das Gefühl, sie liest meine Gedanken. Einmal habe ich sie auch darauf angesprochen, aber das Thema war ihr total unangenehm. Ihre Mutter nennt es eine „Gabe" und hofft, dass sie irgendwann „dazu steht". Aber bei Mila ist das mit der Esoterik so wie bei Iris mit der Romantik: Sie sieht sie überall. Fest steht: Daisy ist extrem empathisch, aber sie will nicht drüber reden.

„Wollen wir im Café weiterreden?", frage ich daher schnell, bevor Iris sich festbeißt. Die beiden nicken nur, in Gedanken bei meiner Geschichte, und wir steuern im Gleichschritt das Hotelcafé an.

„Während er studiert hat, hat sie Windeln gewechselt", erzähle ich auf der Terrasse des Cafés weiter. „Und während er Karriere gemacht hat …" Ich dämpfe meine Stimme etwas und deute in die ungefähre Richtung des Hotelempfangs. „… hat sie sich hier an der Rezeption mit den Gästen rumgeärgert."

„Und zu Hause mit dir", ergänzt Iris mit einem Grinsen und schlürft ihren Eiskaffee.

„Und mit unbezahlten Rechnungen“, fügt Daisy noch hinzu.

„Ja, natürlich.“ Iris’ Gesicht wird nachdenklich. „Wenn er nichts von dir wusste, hat er klarerweise auch nichts gezahlt. Mann. Deine Mutter war wirklich ein bisschen *zu* selbstlos.“

„Meine Rede.“ Auch darüber habe ich schon nachgedacht. „Vielleicht hätte ich schon ein Pferd. Ziemlich sicher wäre meine Mutter nicht so gestresst. Mit Kohle ist immer alles anders.“

„Und die Großeltern?“, fragt Iris. „*Seine* Eltern? Wissen die denn auch nichts?“

Ich zucke mit den Schultern. „Keine Ahnung. Aber sie wohnen immerhin in derselben Stadt wie meine Großmutter. Und wie ich die kenne, wird sie es ihnen verklickert haben, wenn sie die Gelegenheit hatte. Schon allein, weil sie findet, dass uns Geld zusteht. Andererseits hätte Mom sie gekillt, wenn sie es nicht für sich behalten hätte. Mom hat sonst kaum noch Bekannte da, und die wenigen hat sie zu Verschwiegenheit verpflichtet.“

„Unsere Rosa.“ Jetzt schüttelt Iris gedankenverloren den Kopf. „Du bist ein wandelndes Rätsel. Das Mädchen ohne Vergangenheit. Ideale Voraussetzungen für eine Karriere beim Geheimdienst, das ist dir doch klar?“

Ich muss lachen. „Du denkst an das Nächstliegende zuerst, wie immer. Was mache ich bloß ohne dich?“

„Oh“, sagt Iris tieftraurig. „Darüber habe ich nachgedacht. Du wirst natürlich sehr viel weinen, das ist nicht zu vermeiden. Und du wirst niemanden mehr haben, von dessen Lebenserfahrung und Weisheit du profitieren kannst. Also, ich rechne mit einer beträchtlichen Verlangsamung deiner Entwicklung, liebe Rosa."

Daisy und ich brechen in Gelächter aus, während Iris es tatsächlich schafft, todernst zu bleiben, und so tut, als würde sie den Grund unserer Erheiterung einfach nicht verstehen. Ich hoffe, sie nimmt uns in nicht allzu ferner Zukunft mit zur Oscarverleihung.

„Wie läuft's denn nun eigentlich zwischen deiner Mutter und deiner Oma?", fragt Daisy. „Immer noch Eiszeit?"

„‚Oma' sagt man nicht!", erkläre ich mit erhobenem Zeigefinger. Meine Großmutter fand sich immer zu jung, um Oma genannt zu werden. Das italienische Nonna findet sie nicht so schlimm – sie heißt Margret, und ich nenne sie Nonna Meggie. „Und es ist so wie immer. Irgendwie kann ich ihre Haltung jetzt auch ein bisschen besser verstehen. Sie wollte immer, dass meine Mutter studiert. Und dann schließt sie die Schule mit Notendurchschnitt 1,3 ab, Nonna Meggie platzt fast vor Stolz – und gleich darauf erfährt sie, dass ihre superschlaue Tochter statt einer großen Zukunft ein kleines Baby kriegt."

„Vielleicht macht sie das Fernstudium ja deshalb", meint Daisy. „Um ihrer Mutter zu beweisen, dass sie es auch jetzt noch schaffen kann."

Ich nicke langsam. „Das hab ich mir auch schon gedacht."

„Was ich noch nicht verstehe“, setzt Iris an, „ist, warum dein Vater sich gerade jetzt meldet. Ich meine, nach zehn Jahren Funkstille??“

„Er ist Architekt“, erkläre ich. „Spezialisiert auf Hotels. Er soll in der Nähe von Kiefernbach im Herbst mit dem Bau eines Feriendorfs beginnen. Er hat wohl auf der Landkarte gesehen, wie nahe das zum Grillental ist, und sich gesagt, dass das zu nah ist, um sich nicht bei seiner alten Freundin Ida anzukündigen.“

„Die Welt ist ein Dorf“, sagt Iris weise. „Man läuft sich einfach immer wieder über den Weg. Vielleicht war es ja vom Schicksal vorherbestimmt, dass die beiden sich wieder begegnen und du so endlich deinen Vater kennenlernst.“

„Derzeit ist das nicht geplant“, erkläre ich und begegne wie erwartet den fassungslosen Blicken meiner beiden Freundinnen.

„Aber … aber …!“, sagt Daisy wieder.

„Aber ich dachte, das wolltest du?“, fragt Iris. „Damit hast du doch diese Flut von Enthüllungen überhaupt erst ausgelöst?“

„Ja, aber jetzt finde ich, meine Mutter soll sich erst mal mit ihm treffen und ihm alles beibringen. Die beiden wollen in den nächsten Tagen mal skypen. Sie will es ihm persönlich sagen, und das versteh ich auch. Und ich warte erst mal ab. Was sie erzählt, wie er jetzt ist und so. Wie er zu all dem steht. Ich glaube, sie ist ziemlich nervös.“

„Das wär ich auch an ihrer Stelle.“

„Hast du eigentlich schon mit Daniel darüber gesprochen?"

„Nein, er ist ja bei seinem Großvater, und am Telefon wollte ich nicht …"

Das Motorengeräusch eines vorfahrenden Wagens lässt uns aufschauen: der Luxus-Geländewagen von Ollies Vater. Der Chauffeur öffnet die Fahrertür, setzt einen Fuß aus dem Wagen und zieht ihn dann gleich zurück, als er sieht, dass Ollie schon wieder schneller war als er. Ihre Tür fliegt auf, McCartney fliegt hinterher, und dann folgt eine quirlige Figur, größtenteils aus Locken und Beinen bestehend, Letztere diesmal in knallroten Hotpants zu einem bestickten, ärmellosen Blüschen und den unvermeidlichen supercoolen Cowboyboots. Ich bin noch dabei, darüber nachzudenken, ob ich die Mädels dazu bringen kann, sich mit mir blitzschnell von der Terrasse zu verziehen, damit wir ungestört weiterreden können, da öffnet sich auch die gegenüberliegende Tür. Daniel steigt aus, mit Blick genau zu uns! Er stutzt einen Moment, dieses zufällige Treffen ist sicher nicht in seinem Sinn, dann hebt er die Rechte zu einem halbherzigen Winken.

„Wenn man vom Teu… äh … Daniel spricht", sagt Iris.

„Ich korrigiere: Er ist *angeblich* bei seinem Großvater!", sage ich bitter.

Ollie hat Daniels Winkbewegung mitgekriegt und uns jetzt auch entdeckt. Das begeisterte Lächeln, das sie immer aufsetzt, wenn sie mir oder meinen Freundinnen begegnet, erstrahlt in ihrem Gesicht. Ich würde sie wirklich gern so lange schütteln, bis sie damit aufhört. Als ob ich nicht schon ohne sie genug um die Ohren hätte!

Ollie kommt auf die Caféterrasse gehüpft wie ein übermütiges Fohlen, Daniel schlurft deutlich weniger entschlossen hinterher.

„Hey, Chicas!“, ruft sie schon von Weitem. „Stellt euch vor, ich war zu Besuch bei meiner Tante in diesem niddelichen kleinen Dorf …“ Ja, sie sagt „niddelich“. Ihr Deutsch ist zu neunundneunzig Prozent perfekt, nur manchmal kommt ein Wort seltsam betont aus ihrem Mund. Offenbar fällt ihr der Name des „niddelichen“ Dorfes nicht ein, denn sie blickt hilfesuchend zu Daniel, der sie nachsichtig anlächelt und aushilft: „Pfaffing“, sagt er.

„Genau“, fährt Ollie fort, nicht ohne ihm ein Lächeln zu schenken, wie ich es nicht mal draufhätte, wenn mir jemand einen Araberhengst zum Geburtstag schenkte. „Genau, Pfaffing! Und meine Tante und ich und meine zwei kleinen Cousins, wir machen ein Picknick an diesem romantischen See, und ratet, wen ich dort treffe!“

Bevor diese höchst anspruchsvolle Quizfrage von einer von uns beantwortet werden muss, kommt von Daniel eine Gegenfrage: „Und ratet, wer mir alle Fische vertrieben hat.“ Dabei hat sein Gesicht wieder diesen Ausdruck, als würde er ein tollpatschiges Hundebaby beim Spielen beobachten.

Meine Freundinnen werfen mir einen schnellen, erleichterten Blick zu. Okay, das mit dem Großvater und dem Fischen war also nicht gelogen. Ollie knufft ihn freundschaftlich, er knufft zurück. Wenn sie mit den Blicken und der Knufferei nicht aufhören, werde ich mich augenblicklich hier auf der hübsch gedeckten Terrasse übergeben. Und ich werde versuchen, auf Ollies Cowboyboots zu zielen.

„Was sagt ihr?", lacht sie nun wieder uns an. „Ist doch unglaublich, dass wir uns in diesem winzigen Kaff treffen, oder? *El mundo es un panuelo!* Sagt man das auf Deutsch? Die Welt ist ein Taschentuch?"

„Die Welt ist ein Dorf!", sagt Daniel.

„Ein Dorf!", sagt sie. „Genau!"

Die Welt ist ein Taschentuch! Wie unglaublich niddelich!

Ollie schaut von mir zu Daisy und zu Iris, dann wieder zu mir, und plötzlich ist ihr Gesichtsausdruck nicht mehr so unbefangen. „Haben wir euch unterbrochen?", fragt sie betreten. „Das tut mir echt leid, ich weiß, ich habe diese Angewohnheit, immer überall reinzuplatzen ..."

Ja, in mein Leben zum Beispiel!

„... und einfach draufloszuplappern! Mein Vater nennt es *diarrea de palabras*, also, so in etwa ... Durchfall von Wörtern!"

Daisy und Iris lachen, Daniel setzt wieder sein liebevoll-nachsichtiges Gesicht auf.

„Na ja", setze ich gerade an, „eigentlich –", da unterbricht mich Daniel: „Ach was, ob ihr nun zu dritt oder zu viert über Schuhe quasselt, ist ja ziemlich egal, oder?"

Bitte? Hat er das eben wirklich gesagt?

Iris lächelt Daniel gewinnend an. „Lieber Daniel", sagt sie zuckersüß. „Das war eben ein absolut inakzeptabler Machospruch. Ich glaube, es war dein erster dieser Art, also sei er dir verziehen. Aber sollte dein kleines Jungengehirn jemals wieder etwas Vergleichbares durch dein Sprachzentrum in Richtung Mund losschicken, mögest du daran ersticken!"

Oh, Iris. Ich werde dich so sehr vermissen!

Daniel wird rot, Daisy und ich lachen laut heraus. Ollie hat das Bedürfnis, ihn zu verteidigen: „Oh, das hat er doch nicht so gemeint! Stimmt's, Daniel?"

Ich schiebe meinen Stuhl zurück und stehe auf. „Ja, wir haben die Sandalen, die High Heels und die Stiefeletten durch. Morgen treffen wir uns noch wegen der Stiefel, der Flipflops und der Ballerinas. Ich muss jetzt los. Bis nachher, Mädels."

„Rosa!", ruft Daniel mir nach. „Ich hab's wirklich nicht so gemeint! Entschuldige!"

Ich tu einfach so, als hätte ich ihn nicht gehört. Es reicht mir gerade, und ich muss über so viel nachdenken. Er hat unseren Dienstagabend sausen lassen, ohne ein Wort zu mir zu sagen. Stattdessen hat er mit Ollie Fische verjagt oder was auch immer sie gemeinsam getan haben. Jetzt lässt er auch noch Machosprüche los, wahrscheinlich, um sie zu beeindrucken! Der Daniel, den ich kenne, hätte gemerkt, dass etwas nicht stimmt. Der Daniel, den ich kenne, hätte gewusst …

Irgendwo zwischen der Caféterrasse und meinem Fahrrad fange ich an zu heulen.

8. Ein richtig guter Tag

Nur noch sechs Tage bis zu Iris' Abreise, und irgendwie ist bei all dem, was in den letzten Tagen so passiert ist, dieses gefürchtete Ereignis beinahe zur Nebensache geworden. Oder es ist eher so, dass ich nicht weiß, was mich am meisten fertigmacht und durcheinanderbringt. Aber alles zusammen ist jedenfalls ziemlich heftig.

Eigentlich bin ich schon wach, aber die Gedanken in meinem Kopf fahren abwechselnd Karussell und Achterbahn, und das ist so anstrengend, dass ich nahe daran bin, noch mal die Augen zufallen zu lassen und weiterzuschlafen. Ich beschließe, mein Handy entscheiden zu lassen: Wenn es noch vor sieben ist, schlafe ich weiter, ist es nach sieben, stehe ich auf. Ich ertaste das Telefon unter einem meiner Kissen, und es überrascht mich mit einer Nachricht von Daniel, die im selben Moment kommt:

Tut mir echt leid wegen gestern, war nicht so gemeint! Alles okay bei dir? Wollen wir den Dienstag nachholen?

Also, unter dem flirtenden, Sprüche klopfenden Macho ist doch noch irgendwo der alte Daniel, das ist ja immerhin tröstlich. Aber es schadet ihm gar nicht, zu kapieren, dass ich nicht immer auf Knopfdruck bereitstehe.

Kann heute nicht. Mädelsabend, schreibe ich nicht ohne Genugtuung. Die Antwort kommt postwendend:

Ich auch nicht, Büchsen zählen im Laden ist wieder mal angesagt ;-)

„Büchsen zählen", das bedeutet so viel wie Inventur. Daniel hilft seinem Onkel Edi seit ein paar Jahren immer dabei. Letztes und vorletztes Jahr habe ich auch mitgeholfen – zu zweit macht es viel mehr Spaß, und man ist schneller fertig. Außerdem ist Onkel Edi großzügig mit Verpflegung und Stundenlohn.

Da kann ich diesmal leider nicht helfen – letzter Mädelsabend vor Iris' Abreise.

Morgen Abend? Freitag = Dienstag ;-)?

Kann er das tatsächlich vergessen haben?

Morgen ist Flussfest!!!!!, antworte ich und hänge fünf Ausrufezeichen an.

Das Flussfest zur Sommersonnenwende gab es im Tal schon immer, also jedenfalls auch schon, als meine Urgroßmutter ein junges Mädchen war. Noahs Vater hat mal geplant, es zu einem „Event" hochzustylen, aber damit hat er bei uns ausnahmsweise auf Granit gebissen, denn das wollte niemand. Unser Flussfest, das sind nur wir, die jungen Leute aus dem Grillental und unsere Freunde, nie mehr als sechzig, siebzig Leute, von zehn bis achtzehn. Flussfest, das bedeutet ein großes Lagerfeuer, Picknickkörbe und Decken, außen kohlschwarzes und innen halb rohes Stockbrot. Alles wird selbst mitgebracht, auch die Musik: ein Gettoblaster, den wir mit Verlängerungskabel im Bootshaus an den Strom anschließen. Später gibt es auch immer ein paar Leute, die Gitarre spielen. Wir reden, essen, trinken, singen und tanzen. Es ist total altmodisch und total cool. Das Flussfest gehört zu den besten Dingen im Grillental, und man muss schon sehr krank oder sehr weit weg sein, um es zu verpassen.

Flussfest! Richtig! Total vergessen!

(Hm. Abgelenkt in letzter Zeit?)

Wollen wir gemeinsam hingehen?

Gemeinsam hingehen? Wie zu einer Verabredung? Oder gemeinsam wie gleichzeitig denselben Weg benutzen? Ich merke plötzlich, dass ich vergessen habe zu atmen, und schnappe nach Luft.

Okay, tippe ich.

Zehn Sekunden später kommt noch eine Nachricht:

Aber ich kann erst später, wegen der Inventur.

Zusammen mit fünfzig anderen Leuten beim Flussfest, das ist nicht ganz dasselbe wie ein Zwillingsabend, aber keiner von uns will das Flussfest verpassen. Und *wenn* wir es verpassten, und zwar beide, dann gäbe es unter Garantie jede Menge Gerede. Außerdem ist es das letzte Flussfest mit dem kompletten Blumen-Kleeblatt, und ich will noch einmal mit Iris und Daisy so richtig abfeiern und den ganzen übrigen Kram einen Abend lang vergessen. Ist es unhöflich, auf Daniels Nachricht nicht mehr zu antworten? Denkt er dann, ich bin immer noch beleidigt? Ich seufze, während ich noch einmal „*Okay*" tippe. Über so etwas musste ich früher nie nachdenken. Früher war alles so einfach.

07:01. Ich schwinge mich aus dem Bett. Ich habe mein eigenes kleines Badezimmer, was ziemlich cool ist. Geduscht habe ich gestern Abend, und ich fahre nach dem Frühstück in den Stall, also putze ich mir nur die Zähne, wasche mein Gesicht und ziehe Stallklamotten an. Meistens lässt meine Mutter die Espressokanne auf der noch warmen Herdplatte stehen, und ich nehme mir bloß Kaffee und esse ein Stück Obst oder ein Butterbrot, was eben da ist. Aber heute weht mir, schon als ich meine Zimmertür öffne, der Duft von Pancakes entgegen. Und als ich in die Küche komme, sehe ich einen richtig nett gedeckten Frühstückstisch, auf meinem Platz meine „ROSA"-Tasse, auf dem Platz meiner Mutter ihre „WORLD's GREATEST MOM"-Tasse, dazwischen ein Kännchen mit flüssiger Sahne, eine Schale mit Heidelbeeren, die Flasche mit dem Ahornsirup und einen großen Berg Pancakes. Meine Mutter sitzt auf ihrem Platz, in T-Shirt und Jogginghose. Mit ihren halblangen, vom Duschen noch nassen Haaren und ohne jedes Make-up sieht sie aus wie ein junges Mädchen.

„Hey, Rosy", sagt sie und lächelt mich an. „Ich hab mir heute den Vormittag freigenommen und gedacht, wir frühstücken mal wieder miteinander. Gut geschlafen?"

Rosy, englisch ausgesprochen, war ihr Kosename für mich, als ich kleiner war. So hat sie mich schon ewig nicht mehr genannt. Ich bringe es nicht übers Herz, ihr zu sagen, dass ich schlecht geschlafen habe und mein Leben momentan eine ziemliche Zumutung ist.

„Pancakes", sage ich stattdessen. „Wow, cool."

Sie strahlt und freut sich, dass ich mich freue.

„Schatz", beginnt sie, als ich mich setze. „Ich wollte mich bei dir entschuldigen. Ich war in letzter Zeit sicher nicht besonders geduldig oder einfühlsam. Das mit dem Studium … ich hab mich da so reingesteigert, und dazu der Job."

„Schon gut", sage ich. „Ich versteh das. Denke ich."

„Aber das ist nicht das Einzige. Ich will mich auch entschuldigen, weil ich dich im Unklaren gelassen habe, was deinen Vater angeht. Erst warst du zu klein, und später hast du nie wirklich gefragt, und, na ja, so war es für mich das Bequemste. Ich … ich weiß nicht, ob es richtig war, wie ich mich verhalten habe. *Damals* hatte ich das Gefühl, es ist das einzig Richtige. Und dann … dann war es eben einfach so, und ich hab mich an unser Leben gewöhnt mit dir und deiner Uroma, und ich dachte, das war bei dir auch so …" Ihre Stimme verliert sich irgendwo, und sie bricht ab.

„Es ist okay", sage ich zu ihr. „Ich meine, wahrscheinlich hab ich nicht gefragt, weil mir nichts abgegangen ist. Ich kenne Leute in meinem Alter mit unmöglichen Vätern. Da hab ich lieber gar keinen."

Sie sieht mich an. „Ich weiß nichts über Mathias", sagt sie. „Also, über den Mathias von heute. Kann sein, dass er verheiratet ist, selbst Kinder hat. Dass er ein reicher Sack ist, der sich alles Mögliche auf sein Geld einbildet."

Ach, Mom. Irgendjemand sollte dir mal erklären, dass man nicht automatisch ein Arsch ist, wenn man Geld hat. Aber ich werde es nicht sein, ich hab's aufgegeben.

„Ich weiß nur, dass er vor dreizehn Jahren mein bester Freund war", fährt sie fort. „In einer Stadt, die mir mittlerweile total fremd ist, in einem ganz anderen Leben. Glaub mir, dass er sich jetzt gemeldet hat, ist für mich auch ziemlich verwirrend."

„Kann ich mir vorstellen." Ich ertränke einen Pfannkuchen in Ahornsirup und häufe Heidelbeeren darauf.

„Wir werden morgen Abend skypen, und danach können wir besprechen, wie wir weiter damit umgehen. Ob du ihn kennenlernen willst und wenn ja, wann, und –"

„Du willst es ihm auf Skype sagen?", unterbreche ich sie verblüfft. „Und nicht persönlich? Er kommt doch im Herbst ohnehin, auf die paar Monate kommt es ja wohl auch nicht mehr an, oder?"

Meine Mom zerlegt einen Pancake in winzig kleine Tortenstücke, ohne mich anzusehen. Als sie schließlich die Augen doch hebt, bemerke ich die dunklen Schatten darunter. Wahrscheinlich hatte sie eine schlaflose Nacht wegen der ganzen Sache.

„Nenn mich Feigling", sagt sie. „Aber der Gedanke, ihm bei diesem Gespräch *nicht* persönlich gegenüberzusitzen, ist mir ganz angenehm."

Ich lache laut auf. „Feigling!", sage ich, aber in diesem Moment fühle ich mich ihr ganz nah. Einmal ist sie nicht die Frau, die alles richtig macht, die alles unter Kontrolle und auf alle Fragen eine Antwort hat.

„Du kannst ihm ja sagen, er soll vorher was essen. Eine Teenagertochter serviert man nicht auf leeren Magen."

Nun lacht sie. Und mir fällt auf, dass ich sie ziemlich lange nicht mehr lachen gesehen habe. „Na ja. Es ist eine sehr hübsche, sehr kluge und sehr witzige Teenagertochter. Die dürfte verhältnismäßig leicht verdaulich sein."

„Eigenlob stinkt", merke ich an.

„Ach, lass mich doch", gibt sie zurück. „Ich muss mich an den paar Dingen in meinem Leben aufrichten, die ich gut gemacht habe." Sie starrt einen Moment auf das Pancake-Puzzle vor sich und schaut dann auf. „Ich bin sehr stolz auf dich, Rosa."

„Ich auch auf dich", antworte ich wahrheitsgemäß. Irgendwie ist es jetzt leichter geworden, mit ihr zu reden, jetzt, wo ich alles weiß. „Ich finde, du hast das super hingekriegt."

Sie sieht mich überrascht an. „Tatsächlich? Ich hatte eher das Gefühl, du findest, ich habe alles falsch gemacht."

„Und ich hatte das Gefühl, du findest, *ich* mache alles falsch", sage ich.

Meine Mutter runzelt die Stirn und sieht aus wie ein unglücklicher Dackel. Ein unglücklicher, sehr *hübscher* Dackel. Sie seufzt. „Ich wollte bei dir alles anders machen als Nonna Meggie bei mir. Und die letzten Wochen haben mich total daran erinnert, wie es zwischen ihr und mir war. Wahrscheinlich bin ich ihr ähnlicher, als ich geglaubt habe."

„Nur in letzter Zeit", nehme ich Mom vor sich selbst in Schutz. „Und Uroma fehlt uns. Und ich …" Ich stocke. „Bei mir ist grade auch alles kompliziert."

Sie nickt und schaut auf ihren zerschnipselten Pancake.

Ich bin nicht sicher, ob ich mal Kinder möchte. Es scheint verdammt schwierig zu sein, alles richtig zu machen, und es macht dich fertig, wenn du es nicht hinkriegst. Plötzlich habe ich ein schlechtes Gewissen, dass ich so sauer auf sie war. Ich bin schließlich auch nicht immer ganz pflegeleicht.

„Und Erziehung ist echt nicht einfach", füge ich hinzu. „Keiner weiß das besser als ich! Ich meine, wie oft hab ich dir gesagt, du sollst nicht mit dem Essen spielen!"

Mom betrachtet das Gemetzel auf ihrem Teller, als würde sie es eben erst wahrnehmen, und lacht neuerlich auf. „Den kriegt die Nachbarskatze", sagt sie, schubst die Stückchen auf ihre Untertasse und nimmt sich einen frischen Pfannkuchen.

„Superidee mit dem Frühstück", sage ich, ohne sie anzusehen, und nehme mir auch noch einen. „Danke, Mom!"

„Gern geschehen", sagt sie.

Das letzte freundliche, ganz normale Gespräch zwischen uns ist eine Weile her. Dabei ist mir nicht mal ganz klar, was sich auf einmal verändert hat. Ich schwöre, sollte ich diese Mutter-Tochter-Kiste jemals durchschauen, werde ich ein Buch darüber schreiben, damit andere es leichter haben.

Im Stall ist ... niemand. Herrlich. Ich atme auf. Das könnte noch ein richtig guter Tag werden. Das Frühstück mit Mom hat doch um einiges länger gedauert als mein normales Blitzfrühstück, und es wird langsam heiß. Ich beschließe, Sokrates zum Fluss zu reiten und Fanny als Handpferd mitzunehmen, dann können beide ein bisschen ins Wasser und sich abkühlen. Ginger, Pippin und „meine" zwei stehen einträchtig beieinander. Iris und Daisy haben heute erst am Nachmittag Zeit zum Ausreiten, aber da bin ich zu Hause und bereite unseren DVD-Abend vor, diesmal mit Kuchen und Brötchen und allem Drum und Dran. Es ist unser letzter DVD-Abend vor Iris' Abreise, und ich will alles superschön machen. Unwillkürlich sehe ich mich nach Chispa um, die sonst immer in Sokrates' Nähe zu finden ist – das heißt, wenn ich ehrlich bin, sucht er *ihre* Nähe. Aber sie ist nicht hier, also ist Ollie auch unterwegs, was mich kurz zögern lässt. Ich habe keine Lust, ihr zu begegnen und mir diesen bis jetzt ziemlich guten Tag durch ihre aufdringliche Fröhlichkeit verderben zu lassen. Aber dann denke ich trotzig, dass ich es bestimmt nicht so weit kommen lasse, in *meinem* Tal nicht auszureiten, nur weil sie sich auch dort herumtreibt. Und der Pferdebadeplatz liegt ziemlich versteckt, sie wird ihn nicht zufällig finden.

Statt Sokrates' Ledersattel aufzulegen, leihe ich mir Daisys Western-Pad, so was wie eine wattierte bunte

Wolldecke, und reite auf Indianerart ohne Sattel zum Fluss: in meinen ältesten Chucks, Shorts und Bikinioberteil. Die Zügel halte ich locker in einer Hand, Fannys Führstrick in der anderen. Sie trottet brav mit uns mit, einen Feldweg entlang, dann über einen schmalen Pfad durch dichtes Gebüsch hinunter zum Badeplatz.

Dieser Ort hat etwas Verzaubertes, Magisches: Der Fluss ist hier sehr breit und macht eine Biegung, in der eine kleine Sandbank entstanden ist wie ein Ministrand. Die Strömung ist schwach, und so weit man sehen kann, hängen schwere grüne Zweige von Bäumen und Büschen über das Wasser, nur die kleine Bucht ist frei. Man könnte sich ganz leicht vorstellen, dass hier Nixen tanzen und Baumgeister ihre Treffen abhalten. Heute allerdings badet hier eine Elfe mit ihrem Einhorn.

Ich muss tatsächlich zweimal hinsehen, bis mein Gehirn realisiert, dass die schlanke blonde Gestalt, deren Locken in der Sonne glänzen, durchaus menschlich und das Einhorn nicht weiß, sondern falbfarben ist und zudem ein Keinhorn, sprich: Pferd.

Sokrates hat allerdings schneller geschaltet als ich, er strebt bereits auf Chispa zu wie sonst nur auf einen Trog mit Karotten und Äpfeln.

„Rosa!“, sagt Ollie überrascht, als Chispa uns den Kopf zudreht und sie auf uns aufmerksam macht.

„Ollie“, antworte ich überaus geistesgegenwärtig, und der Tag wird ein Stückchen düsterer. Direkt vor mir plätschert es im Wasser: McCartney läuft im Sand auf und ab und ist sichtlich beunruhigt, weil sein Frauchen aus diesem unheimlichen nassen Zeugs nicht herauskommen will.

„Er mag Wasser nicht“, erklärt Ollie mit einem liebevollen Blick auf ihr Hündchen. „Du solltest ihn mal erleben, wenn er gebadet wird. Man braucht zwei starke Männer dafür.“

McCartney macht einen ganz langen Hals und versucht, Wasser zu trinken, ohne nasse Pfoten zu bekommen, was ihm nicht ganz gelingt. Es sieht ziemlich komisch aus.

„Aber trinken tut er es“, stelle ich fest.

„Ja, deshalb hat er die Bucht auch gefunden“, sagt Ollie. „Wofür Chispa und ich ihm sehr dankbar sind.“

Ich weniger, denke ich und betrachte den kleinen Hund missmutig.

Ollie lässt sich vom Pferd gleiten und taucht mit einer fließenden Bewegung ins Wasser ein. Ich beobachte sie voll widerwilliger Bewunderung, überzeugt, dass ich mich im Vergleich zu ihr eher tollpatschig bewege. Auf einem Pferderücken kann ich mit ihr mithalten, da bin ich wie ein Schwan im Wasser. Aber ohne Pferd bin ich wie ein Schwan an Land, und Ollie – ist immer noch Ollie. Ich kann nicht sagen, dass diese Überlegungen sie mir sympathischer machen.

Sie ist wieder aufgetaucht und gibt schnaubende Geräusche von sich. Der Fluss scheint kalt zu sein.

„Das ist unsere Pferdebadebucht“, sage ich steif. „Wir kommen immer mit den Pferden hierher, wenn es sehr heiß ist.“

„Sehr cool, dass es das gibt!“, antwortet sie und streicht ihre nassen Haare zurück. „In Mexiko hatte ich auch so was Ähnliches. Einen Teich auf unserem Grundstück, zu Pferd etwa zehn Minuten vom Haus entfernt. Aber natürlich hab ich da nie andere Reiter getroffen.“ Sie lächelt mich an.

Armes reiches Mädchen. Ein Teich ganz für sie allein. Bemitleidenswert.

Sie schaufelt mit den Händen Wasser auf ihr Pferd, kühlt Chispa die Beine, dann den Hals, dann Bauch und Rücken. Ich mache dasselbe mit Sokrates, Fanny legt sich immer von selbst ins Wasser.

„Ich wollte ohnehin mit dir reden“, sagt Ollie schließlich und setzt sich ans Ufer auf ihre bestickte Satteldecke, die neben dem Sattel im Gras liegt. Einladend tätschelt sie den freien Teil der Decke. Ich lege widerstrebend Daisys Western-Pad neben sie und setze mich so weit weg von ihr, wie ich kann, ohne dass es richtig unhöflich wirkt.

„Ich bin am liebsten ganz offen und direkt“, beginnt sie. „Ist das okay? Ich finde das am einfachsten.“

Ich zucke mit den Schultern. „Okay.“

Sie nickt. „Ich mag Daniel“, sagt sie. „Ich glaube, ich mag ihn sehr, und ich bin ziemlich sicher, dass er mich auch mag.“

Sie sieht mich fragend an, als ob sie meine Meinung dazu hören wollte. Ich ignoriere den Blick und zucke erneut mit den Schultern.

„Aber dich mag er auch“, fährt sie fort, und obwohl ich auf die Pferde und den Fluss schaue, weiß ich, dass sie mich immer noch fragend ansieht. „Ich weiß nur nicht genau, auf welche Weise. Und vor allem weiß ich nicht, was mit *dir* ist.“

„Was soll mit mir sein?“, frage ich so unbeteiligt wie möglich, obwohl mir natürlich völlig klar ist, worauf sie hinauswill.

„Hättest du was dagegen, wenn Daniel und ich uns … näher kennenlernen?“

„Daniel ist alt genug“, antworte ich schroff. „Er braucht meine Erlaubnis nicht.“

„*Ich* brauche deine Erlaubnis“, gibt sie umgehend zurück. „Wenn du mehr für ihn empfindest als Freundschaft, dann ist er für mich tabu.“

„Was?“, frage ich verblüfft. „Auch wenn er gar nicht an mir interessiert ist? Sondern an dir?“

„Auch dann“, sagt Ollie fest. „Freundschaft geht vor!“

Aber ich bin nicht deine Freundin!, möchte ich sie anbrüllen. Andererseits, sie benimmt sich sehr fair, das muss ich ihr lassen. Und wenn ich ihr die Wahrheit sage und sie Daniel die kalte Schulter zeigt und ich noch ein bisschen Zeit gewinne …

Aber ich kann ihr gegenüber nicht zugeben, wie es in mir aussieht. So richtig ist es mir ja selbst noch nicht klar. Und will ich wirklich irgendwann im Zweifel sein, ob Daniel nur mit mir zusammen ist, weil Ollie ihn hat abblitzen lassen?

„Daniel und ich sind Freunde“, sage ich fest. „Und außerdem muss er selbst entscheiden, mit wem er zusammen sein will.“

Ollie sieht mich forschend an, und ich erwidere trotzig ihren Blick.

„In Ordnung", sagt sie dann. „Hauptsache, zwischen uns ist alles gut."

So gut wie zuvor, du Dumpfnuss, denke ich und nicke. Morgen ist Flussfest, und da kann alles Mögliche passieren. „Wollen wir gemeinsam hingehen?", hat er gesagt, und das klingt doch wirklich verdammt nach einem Date, oder nicht? Und wenn ich ihm morgen noch bei der Inventur helfe, dann können wir auch früher beim Fest sein. Dieser Plan gefällt mir außerordentlich gut, und als ich aufstehe, um meine Pferde aus dem Wasser zu holen, lächle ich zufrieden vor mich hin.

„Macht ihr heute Abend was?", fragt Ollie meinen ihr zugewandten Rücken.

„Die Mädels kommen zu mir", antworte ich, ohne mich umzuwenden. Wenn ich sie ansehe, fühle ich mich wahrscheinlich verpflichtet, sie einzuladen. Oder noch schlimmer, sie fragt mich „ganz offen und direkt", ob sie auch kommen kann.

„Oh", kommt es von hinten, abwartend. „Wie nett."

„Unser letzter Abend zu dritt", füge ich schnell hinzu. „Abschiedsabend. Wahrscheinlich heulen wir ohnehin die ganze Zeit."

„Oh, ich hoffe nicht", sagt Ollie mitfühlend. „Es ist sicher hart, sich von so guten Freundinnen wie Daisy und dir trennen zu müssen. Arme Iris."

„Daisy und ich sind ärmer", antworte ich und treibe Sokrates aus dem Wasser. „Die, die zurückbleiben, sind immer die Ärmeren."

„Ja“, antwortet sie nachdenklich. „Es ist ein bisschen, wie wenn jemand stirbt. Für denjenigen ist es vorbei. Aber die, die zurückbleiben, sind arm dran. Und denken immer an alles, was sie jetzt nie wieder erleben werden.“

Das ist wieder typisch, dass sie genau jetzt von ihrer toten Mutter anfangen muss. Ich will kein Mitleid mit ihr haben, das macht es viel schwieriger, sie nicht leiden zu können.

„Iris ist ja nicht tot“, sage ich steif.

„Nein.“ Sie wirft mir einen seltsamen Blick zu, der sich in ein mitfühlendes Lächeln auflöst. „Natürlich nicht. Sorry. Wahrscheinlich war es ein blöder Vergleich. Jedenfalls wünsche ich euch einen schönen Abend ohne zu viel Heulerei.“

Ehrlich jetzt! Kann sie nicht endlich mal ein bisschen eklig werden! Noch könnte ich etwas sagen, noch könnte ich sie fragen, ob sie nicht auch kommen möchte. Sie kann schließlich nichts dafür, dass Daniel sie mag, nicht mal dafür, dass sie ihn mag, kann sie so richtig was. Aber es ist der letzte Kleeblatt-DVD-Abend, der letzte Abend, an dem wir so richtig unter uns sind. Ich weiß auch gar nicht, was Iris und Daisy sagen würden – doch, eigentlich weiß ich es, sie würden es okay finden. Aber trotzdem, ich will es einmal noch so haben, wie es immer war, einmal noch nur wir drei, ohne Eindringling …

„Danke“, sage ich. „Wir werden uns Mühe geben.“ Ich werfe Sokrates das Pad über, nutze einen Baumstumpf als Aufsteighilfe und treibe den Wallach zu dem überhängenden Ast, an dem ich Fanny angebunden habe. Ollie ist vor mir dort, löst den Knoten und reicht mir das Strickende.

„Danke“, sage ich notgedrungen. Ich hätte das locker allein hingekriegt!

Ollie lacht. „Du bist eine von denen, die immer alles allein machen wollen, stimmt's?“

Iris hat sich schon öfter darüber lustig gemacht, dass ich keine Hilfe annehmen kann. Meine Standardantworten auf Hilfe-Angebote sind: „Danke, passt schon“, „Nicht nötig“ und „Das krieg ich schon hin“. Ich schätze, das hab ich von meiner Mutter.

„Ich bin gern unabhängig“, sage ich mit einem Schulterzucken. „Also dann …“

„Bis demnächst!“, sagt sie.

„Bis irgendwann“, antworte ich.

9. Timing ist alles

Unser Mädelsabend ist der Hammer. So wie immer, nur noch ein bisschen besser. Vier Folgen „McLeod's Daughters", da kann man lachen und weinen. „McLeod's", das war immer „unsere" Serie, das könnte ich mir mit Daniel nie ansehen. Das ist was für drei Mädels, die Pferde lieben, die Natur – und, na ja, einander. Wir lachen ein bisschen mehr als sonst und weinen ein bisschen mehr als sonst, wir essen Brötchen und Kuchen, bis wir fast platzen, und nach der Popcornschlacht in der Küche sind wir so fertig, dass wir alle drei in meinem Bett einpennen. Normalerweise würde ich nicht wagen, die Küche in so einem Zustand zu hinterlassen, aber derzeit ist meine Mutter gerade etwas toleranter und hat ein schlechtes Gewissen. Und sie weiß, dass es unser letzter Abend ist. Wenn ich morgen sauber mache, wird sie nicht meckern.

Tatsächlich *hat* sie am nächsten Morgen schon geputzt *und* ist dabei, Frühstück für uns alle zu machen, als wir schlaftrunken in die Küche torkeln. Ich zögere nur ganz kurz, bevor ich sie von hinten umarme und flüstere: „Danke, Mom!"

Sie zwinkert mir zu, und ich bin wieder verblüfft, wie leicht das plötzlich ist – noch vor einer Woche wäre dieser Austausch undenkbar gewesen, so verhärtet waren die Fronten. Vielleicht sind ja doch nicht alle Veränderungen schlecht.

Es ist wieder ein heißer Tag, und wir beschließen, den Pferden eine Pause zu gönnen und schwimmen zu gehen, statt in den Stall zu fahren. Wir haben alle drei neue Bikinis, die wir bei unserem letzten gemeinsamen Online-Shopping-Nachmittag gekauft haben. Genau genommen hat Iris sie gekauft, ihr Abschiedsgeschenk an uns: „Wenn ich euch schon mitten im Sommer verlassen muss, dann wenigstens ordentlich eingekleidet!"

„‚Ausgekleidet' meinst du wohl", habe ich geantwortet und die 3-D-Ansicht des blau-weißen Push-up-Bikinis angeklickt, den Iris für mich ausgesucht hat.

„Du musst endlich aufhören, deine Vorzüge zu verstecken, Kindchen", kam prompt die typische Iris-Antwort. „Sonst kriegen wir dich nie an den Mann und müssen dich durchfüttern, bis du neunzig bist. Denk auch mal an uns!"

Das war Ende April, und weder Daisy noch ich sagten etwas in der Art, dass Iris ja gar nicht hier sein würde, um mich durchzufüttern. Damals schien ihre Abreise noch so weit weg.

Heute wird sie uns mit jeder Minute, die wir miteinander verbringen, bewusster. Und grade heute muss es so verdammt viel Spaß machen. Das letzte

Mal knobeln, wer das Eis holt. Das letzte Mal Wettschwimmen. Das letzte Mal von Iris ins Wasser geschubst werden. Das letzte Mal gemeinsam in der Zeitung unsere Horoskope vergleichen und die Rätselseite lösen.

Als wir am späten Nachmittag zusammenpacken, um nach Hause zu gehen und uns fürs Flussfest fertig zu machen, sind wir plötzlich alle drei ganz still, und keine sieht die andere an. Wir kämpfen alle mit den Tränen, Daisy am wenigsten erfolgreich.

„Kinder", sagt Iris schließlich mit einem tiefen Seufzer. „Ich sterbe ja nicht! Also bitte keine Trauermienen! Heute ist schließlich noch Flussfest!"

Ich muss an das denken, was Ollie gestern gesagt hat – alles, was nie wieder sein wird –, und zwinge mich zu einem Grinsen.

„Bis später dann. Vielleicht komme ich mit Daniel! Und jetzt keine blöden Bemerkungen, bitte!"

Daisy schaut mich überrascht an, und Iris pfeift und klopft mir kumpelmäßig auf die Schulter: „Na, endlich kommt Schwung in die Sache. Dachte schon, das Ganze dauert drei endlose Staffeln lang, wie bei McLeod's!"

Sie meint Claire und Alex, unsere beiden Lieblingscharaktere, und ich werde natürlich rot. „Ich sagte, keine blöden Bemerkungen!"

Mein T-Shirt ist nass geworden, und ich trage nur knappe Denim-Shorts, mein neues Bikinioberteil und Flipflops, als ich mich auf mein Fahrrad schwinge, um heimzufahren.

Daisy und Iris biegen nach einer kurzen gemeinsamen Wegstrecke ab, ich fahre noch ein Stück weiter und nehme die Abzweigung zum Dorfzentrum. Als ich vor dem Laden halte, sehe ich an der Tür ein handgeschriebenes Schild hängen: „WEGEN INVENTUR GESCHLOSSEN, ONKEL EDI IST AM MONTAG WIEDER FÜR EUCH DA!"

Ich lehne mein Rad neben dem Eingang an die Hauswand und klopfe. Gleich darauf höre ich Schritte, und Onkel Edi steht vor mir in all seiner Pracht. Daniels Papa ist ja mehr der große, bärige, schweigsame Typ. Sein Bruder ist älter, größer, bäriger und gesprächig für beide. Und er hat ein polterndes Lachen, das man von hier bestimmt bis zum Fluss hört.

„Eine Flussnixe!", ruft er, als er mir die Tür öffnet und meine noch nassen Haare und mein Bikinioberteil sieht. „Tut mir sehr leid, aber das Nixenmenü ist heute ausverkauft! Darf's auch ein Eis sein? Für dich mach ich eine Ausnahme, trotz der Inventur!"

Ich muss ihn einfach angrinsen, er ist so nett und immer gut drauf. „Danke, aber ich hatte schon zwei heute, das muss reichen. Eigentlich wollte ich Daniel fragen, ob er Hilfe brauchen kann. Dann ist er früher beim Flussfest."

„Daniel!", poltert Edi gut gelaunt in Richtung Ladeninneres und lässt mich herein. „Irgendwas machst du richtig, mein Junge! Die hübschesten Mädchen bieten dir ihre Hilfe an!"

Er verschwindet mit einem Augenzwinkern in Richtung Büro und ruft noch einmal: „Daniel!"

Sekunden später kommt Daniel aus dem Lagerraum nach vorn, in einem alten T-Shirt seines Vaters und ziemlich dreckigen Bermudas, die schon bessere Tage gesehen haben.

„Rosa, hey!", sagt er erstaunt. „Was machst du denn hier?"

„Ich wollte bloß fragen, ob ich helfen kann. Du versäumst sonst noch das halbe Flussfest."

„Das ist lieb von dir", sagt er ein wenig zögernd, „aber ich habe Hilfe, und zwar schon seit gestern Nachmittag. Wir sind fast fertig."

Ollie kommt aus dem Lagerraum, in grauen Sweatshorts, übergroßem T-Shirt und Flipflops. Mit einer Selbstverständlichkeit, als würde sie zur Familie gehören, nimmt sie eine Cola aus dem Kühlschrank. Irgendwie schafft sie es, auch in diesem Outfit wie ein Model auszusehen.

„Rosa!", ruft sie, und schon allein für den verblüfften Ausdruck in ihrem Gesicht könnte ich sie erwürgen! Als wäre es nicht viel normaler, dass *ich* in Edis Laden stehe und ihm und Daniel bei der Inventur helfe. „Hallo!"

„Was machst du denn hier?", frage ich so unfreundlich wie möglich.

„Sie ist gestern Nachmittag vorbeigekommen", antwortet Daniel schnell für sie, „und wollte Leckerli für McCartney kaufen ..." Wie aufs Stichwort kommt der Chihuahua in diesem Moment auch nach vorn geschossen und begrüßt mich freundlich wedelnd. „Als ich ihr gesagt habe, dass wir heute nur Dosen zählen und Regale putzen, hat sie uns spontan ihre Hilfe angeboten, und deshalb sind wir auch schon so gut wie fertig …"

Zwischen den beiden geht ein Blick hin und her, der mir sagt, dass hier außer Dosen zählen noch irgendwas passiert ist – vielleicht noch nichts „Richtiges", aber etwas hat sich verändert. Auch zwischen Daniel und mir ist etwas anders, ich merke es an der Art, wie er mit mir spricht, wie er versucht, einen „neutralen" Tonfall zu finden, einen Tonfall, der nicht der Daniel-und-Rosa-Tonfall ist. Und es ist klar, dass er das tut, weil Ollie hier ist, weil Ollie jetzt „jemand" für ihn ist.

Ich bücke mich, um McCartney zu streicheln, tatsächlich, um mich ein wenig sammeln zu können. Gestern Nachmittag war sie „zufällig" hier. Wenn ich sie zu unserem DVD-Abend eingeladen hätte … aber ich wollte meine Mädels für mich haben. Das ist mir geglückt – vorläufig –, dafür habe ich Daniel nicht mehr für mich … das heißt … vielleicht, nur vielleicht, gibt es noch eine Chance. Für heute Abend haben wir etwas ausgemacht, und Daniel hält sich immer an Abmachungen.

„Bleibt es bei heute Abend?", frage ich, ohne ihn anzusehen, und kraule McCartney die Brust.

Er zögert nur einen ganz kurzen Augenblick. „Sicher", sagt er dann.

„Bei der Linde um halb acht?", frage ich. An der Linde zweigt der Weg zum Fluss ab, der zu der Lagerfeuerwiese führt.

„Bei der Linde um halb acht", wiederholt er zustimmend. Ich nicke, schaffe es, aufzustehen und zur Tür zu gehen, ohne die beiden anzusehen.

„Tschüs, Rosa!", sagt Ollie, aber ich bin schon halb wieder draußen und tu so, als hätte ich es nicht gehört.

Langsam und wie in Trance radle ich nach Hause. Sie hat noch nicht gewonnen, denke ich. Ich kann alles noch umdrehen, wenn ich ihm sage, was … ja, was eigentlich? Bin ich mir absolut sicher, dass ich mehr sein will als sein Kumpel? Dass ich, sprechen wir's endlich einmal aus, in ihn verliebt bin? Und selbst wenn, kann ich es ihm *sagen*?

Wenn Ollie gestern bei mir gewesen wäre, muss ich wieder und wieder denken, bei mir zu Hause, dann wäre sie nicht in den Laden gefahren, dann wäre noch alles offen. Dann wäre nicht auf einmal dieses Ollie-und-Daniel-Ding zwischen den beiden.

Du hast es verbockt, du hast Ollie ausgeschlossen, und das ist jetzt deine Strafe dafür, höre ich immer wieder diese biestige kleine Stimme in meinem Inneren. Blödsinn, so läuft das nicht, begehrt eine andere Stimme auf, schlechtes Timing war das gestern, das ist alles! Heute ist Flussfest. Und beim Flussfest kann immer noch alles Mögliche passieren!

Ich lehne mein Fahrrad neben unsere Haustür und gehe langsam die Treppe hinauf. Mom hat mich kommen gehört und macht einen Schritt aus ihrem Badezimmer. Ihre Haare sind von Natur aus gewellt (im Gegensatz zu meinen), ihre Augen strahlend blau (im Gegensatz zu meinen). Sie ist nicht sehr auffällig zurechtgemacht, aber doch mehr, als wenn sie bloß zur Arbeit geht. Sie trägt ein blaugrünes Kleid, das ich noch nie gesehen habe, und ich will sie gerade fragen, was sie heute vorhat, als es mir wieder einfällt: das Skype-Date mit Mathias. Normalerweise hätte ich das wohl kaum vergessen, aber derzeit passiert einfach zu viel gleichzeitig. Meine Mutter hat sich für eine virtuelle Begegnung zurechtgemacht, mit ihrem ehemaligen besten Freund und meinem … Vater.

„Hey, Schatz …"

„Hi, Mom."

Sie ist aufgeregt, das kann ich sehen.

„Wer immer die Bildtelefonie erfunden hat, muss ein Mann gewesen sein", beklagt sie sich. „Früher konnte man in Lockenwicklern telefonieren, mit einer Zigarette im Mundwinkel."

„Du rauchst nicht", erkläre ich ihr müde lächelnd. „Und du hast Naturwellen. Und du siehst ohnehin immer hübsch aus."

Sie seufzt und lächelt mich an. „Du bist vermutlich die beste Tochter der Welt."

„Bin gespannt, was *er* zu dem Thema meint", kann ich mir nicht verkneifen zu sagen.

Sie seufzt. „Heute ist doch Flussfest …?", fragt sie, die verschlüsselte Version von „Ich hab doch dann das Haus für mich, wenn er anruft?".

Ich verkneife mir ein wissendes Grinsen. „Ja, ich dusche nur schnell, dann bin ich wieder weg."

Aus dem Arbeitszimmer im Erdgeschoss kommt das unverkennbare elektronische Klingeln eines

Skype-Anrufes. Meine Mutter erstarrt. „Jetzt schon? Er ist zu früh dran! Ich bin noch nicht ... ich kann noch nicht ... ach, verdammt ..." Sie zupft nervös an ihren Haaren.

„Nun geh schon endlich", sage ich und muss lachen, obwohl mir eigentlich nicht danach ist. „Du siehst super aus, und alles andere kannst du ohnehin nicht beeinflussen."

Mom rennt die Treppe hinunter, zwei Stufen auf einmal. „Meine Tochter, die Zen-Buddhistin. Seit wann bist du eigentlich die Erwachsene von uns beiden?" Damit verschwindet sie im Arbeitszimmer, wirft die Tür hinter sich zu, nimmt sich aber nicht die Zeit, sie richtig ins Schloss zu drücken. Vielleicht will sie mir auch nicht das Gefühl geben, dass ich aus dieser Begegnung ausgeschlossen werde.

Ich gehe in mein Zimmer und reiße meinen Schrank sperrangelweit auf. Iris wüsste, was für ein Outfit diese spezielle Situation erfordert. Diese spezielle „Wie mache ich aus einem Ollie-und-Daniel-Ding wieder ein Rosa-und-Daniel-Ding?"-Situation. Ich selbst bin überfordert. Ein Kleid? Das wäre das erste Mal, dass ich zu einem Flussfest ein Kleid anziehe, also zu auffällig. Shorts. Ich könnte die neuen pinkfarbenen Shorts anziehen, die Anita mir aus Paris geschickt hat. Sie waren mir erst zu girlyhaft, aber vielleicht ist das genau das, was ich heute brauche. Und das jeansblaue Top, das Mom sich online gekauft hat, aber nie anzieht. Mit ein paar Schritten bin ich drüben in ihrem Zimmer und pralle zurück. Meine Mutter ist ordentlich, *richtig* ordentlich, mein Wort dafür ist „beknackt". Iris' Wort dafür ist „zwanghaft", aber Iris ist auch eine unglaubliche Chaotin. In Iris' Bett findet sich alles vom Karton der Sandalen, die sie sechs Wochen zuvor gekauft hat, über ihre DVD-Sammlung bis zu dem Schoko-Osterhasen, der irgendwo zwischen den Kissen versteckt monatelang überlebt hat – unter dreimaligem Wechsel des Aggregatzustands.

Meine Mutter hingegen ist die Königin der Ordnung, und ihr Zimmer sieht aus wie ein sehr persönlich eingerichtetes Hotelzimmer. Normalerweise. Heute sieht es aus, als hätte eine Girlband hier eine aus den Fugen geratene Kostümprobe gehabt. Kleider, Tops und Blusen auf dem Bett, über den offenen Schranktüren, auf den Stühlen, sogar auf dem Boden. Na ja. Ich schätze, es ist wohl noch schwieriger, das Outfit zu finden, das *ihre* Situation erfordert. Die „Wie konfrontiere ich meinen Ex-besten-Freund mit dem dreizehnjährigen Nachwuchs"-Situation. Viel Glück, Mom.

Das Top, das ich suche, war für heute nicht mal in der engeren Wahl, es liegt noch im Schrank. Zurück in mein Zimmer, dann ab unter die Dusche. Irgendwie ist mir am Rande bewusst, dass einen Stock tiefer meine Mutter sich mit meinem Vater (vermutlich über mich) unterhält, aber was mich im Moment viel mehr beschäftigt, ist die Frage, was zwischen Daniel und Ollie schon passiert ist oder noch passieren wird. Ob sie auch über mich geredet haben nach meinem Abgang aus dem Laden? Ist es schon so weit? Wird

Daniel unser „Date“ nutzen, um mir zu sagen, dass er und Ollie …

Verdammt, Wimperntusche im Auge, das kommt davon, wenn man so was nie benutzt.

Nein, nein, ich darf es gar nicht so weit kommen lassen, ich muss über meinen Schatten springen und ihm sagen …

Jetzt klebt das schwarze Zeug *unter* meinem Auge! Ich reibe, so fest ich kann, aber da ist immer noch ein schwarzer Fleck, und rundherum ist die Haut jetzt vom Reiben auch noch richtig schön rot.

Hinüber in Moms Bad, Augen-Make-up-Entferner, kaltes Wasser, das Ganze von vorn. Lipgloss. Haare durchkämmen.

Ich schnappe mein Handy. Zehn Minuten nach sieben! Wie ist das denn passiert? Ich hatte doch massenhaft Zeit! Aber das schaffe ich noch pünktlich, mit dem Rad bin ich locker in sieben bis acht Minuten beim Treffpunkt. Ich schnappe mein Handy und laufe barfuß die Treppen hinunter, automatisch die krächzenden Stufen überspringend. Wenn man eine Mutter hat, die Schichtdienst in einem Hotel schiebt und oft zu ungewöhnlichen Zeiten schläft, dann gewöhnt man sich Leisetreten an.

„Was hätte ich denn tun sollen?“, höre ich ihre aufgeregte Stimme und erstarre vor der Arbeitszimmertür. „Ich wollte deine Zukunft nicht ruinieren, das hätte ich mir nie verziehen.“

Seine Stimme antwortet etwas leiser, aber erstaunlich klar und deutlich. „Vielleicht hättest du mir etwas mehr zutrauen sollen. Ich war bereit, Verantwortung zu übernehmen."

„Es war aber nicht *deine* Verantwortung. Es war meine ganz allein."

Na ja! Gehören doch immer noch zwei dazu, oder?

„Es hätte aber auch meine sein können. Es hätte klappen können. Vielleicht wäre es ganz toll geworden."

„Mathias ..."

„Schon gut." Er klingt verletzt. „Aber warum hast du mich dann für deine Geschichte benutzt? Ich meine, deinem Kind gegenüber?"

Deinem Kind?

„Warum nicht gleich jemanden erfinden?"

Was soll *das* denn heißen?

„Ich habe ihr gesagt, was wir damals ausgemacht haben. Du warst mit der Geschichte einverstanden."

„Ich wäre mit allem einverstanden gewesen", sagt er nach einer kurzen Pause.

„Ja, eben, und das wollte ich nicht ausnutzen. Aber hätte ich verschiedene Geschichten erzählt, wären sie einander irgendwann in die Quere gekommen."

Ich höre einen deutlichen Seufzer von ihm und dann: „Du bist genauso starrsinnig wie damals."

Meine Mutter antwortet nicht.

„Und genauso hübsch."

Sie lacht trocken auf. „Danke. Schätze ich."

„Ich bin in ein paar Wochen vor Ort. Lass uns doch dann persönlich reden."

„Okay."

„Ich kann nicht fassen, dass du das all die Jahre vor mir geheim gehalten hast."

Ja, das Gefühl kenn ich.

Wieder keine Antwort von meiner Mutter.

„Die Geschichte mit dem neuen Freund damals, war die wenigstens nicht gelogen?"

„Ich hatte ein sechs Monate altes Baby und keine Zeit für so was."

Kurze Pause. „Und seither? Hattest du seither Zeit für ‚so was'?"

„Wie war das mit ‚Lass uns in ein paar Wochen persönlich reden'?"

Mathias lacht. Es ist ein sympathisches Lachen, das Lachen eines ruhigen, selbstsicheren Typen.

„Okay. Wie du willst. Ich freu mich schon darauf, dich zu sehen. Und deine Tochter kennenzulernen."

Ganz, ganz leise und vorsichtig gehe ich ein paar Schritte rückwärts …

„Ich freu mich auch darauf, dich zu sehen."

Ich taste mich rückwärts ein paar Treppenstufen hinauf, bis eine Stufe laut ächzt, dann rufe ich: „Ich bin dann weg, Mom", überspringe die letzten zwei Stufen mit möglichst viel Krach und laufe am Arbeitszimmer vorbei ins Vorzimmer. Sekunden später öffnet sich die Arbeitszimmertür. Moms Gesicht ist aufgeregt, gerötet.

„Und?", frage ich, obwohl ich nun schon verdammt spät dran bin, es ist drei vor halb acht. „Was hat er gesagt?"

„Er …“, beginnt sie und bricht ab. Zögert, weiterzusprechen. „Er wird in ein paar Wochen hier sein“, sagt sie. „Du hattest recht, es ist besser, so eine Nachricht persönlich zu überbringen.“

Aber sie hat doch … ich hab doch genau gehört …

Ich starre sie an. „Du meinst, du hast es ihm nicht gesagt?“

Sie schüttelt den Kopf. „Ich hab’s nicht geschafft. Wenn ich ihm gegenübersitze, kann ich ihm einfach besser vermitteln, wie das damals alles war. Ich hoffe, du nimmst mir das nicht übel.“

Ich schüttle langsam den Kopf, um meine Gedanken nicht beim Rasen zu stören. „Nein … nein, ich hab ja gesagt, ich finde, dass es auf ein paar Wochen nicht mehr ankommt.“

Sie wirkt erleichtert. „Genau.“ Mit einem Seufzer wechselt sie das Thema. „Also, du fährst jetzt los?“

„Ja.“ Ich kann nicht aufhören, sie anzustarren. Warum lügt sie mich an?

„Alles gut zwischen uns?“, fragt sie.

Das dachte ich. Ich dachte, wir wären jetzt ehrlich zueinander. Ich dachte, wir wären uns wieder ein Stück nähergekommen. Ich zwinge mich zu einem Lächeln.

„Sicher. Alles klar.“

„Gut.“ Sie lächelt zurück, etwas erschöpft. „Dann viel Spaß heut Abend. Hübsch siehst du aus.“ Sie scannt mein Outfit, ihre Mundwinkel wandern nach oben. „Cooles Top.“

„Hab ich von meiner Mutter. Sie trägt es nicht.“

Mom lacht. „Na, dann sollte sie es dir wohl besser gleich schenken."

„Das sollte sie. Sag ihr vielen Dank."

„Ich richte es aus."

Jetzt lacht sie, und ich weiß, ich sollte mitlachen, aber das ist ziemlich schwierig, weil hinter meiner Stirn ein kleines verwirrtes Männchen hin- und herläuft, das dauernd brüllt: „Was zum Geier ist hier eigentlich los?" Was ist bei diesem Gespräch gelaufen? Irgendwie habe ich das Gefühl, alles gehört, aber nichts verstanden zu haben. Ich habe einzelne Mosaiksteine gefunden, und sie ergeben auch ein Bild, aber das Bild sieht irgendwie – nicht echt aus. Wie eines dieser Familienfotos aus dem Porträtstudio: Jedes Haar sitzt, alle zeigen ihr hübschestes Lächeln und tragen ihre schönsten Kleider, aber keiner ist mehr so richtig er selbst, nichts ist so wie im wirklichen Leben. Ich fühle mich an der Nase herumgeführt und weiß nicht genau, warum. Ganz hinten in meinem Gehirn flattert ein Stück Wahrheit, und ich bin knapp davor, es zu erwischen, aber im letzten Moment entgleitet es mir wieder.

Aus! Ich habe momentan keinen Nerv dafür! Ich dränge das alles weg, weit weg. Ich kann nicht alles, was in meinem Leben kompliziert ist, gleichzeitig in Ordnung bringen. Heute ist Daniel dran und das Flussfest.

Bevor ich mein Fahrrad schnappe, es anschiebe und aus dem Laufschritt in den Sattel springe, werfe ich einen Blick auf mein Handy: Es ist acht nach halb acht. Ich werde fünfzehn Minuten zu spät am

Treffpunkt sein. Mindestens. Soll ich Daniel anrufen? Aber in dem Waldstück, wo die alte Linde steht, ist der Handyempfang miserabel. Bestimmt geht er nicht sofort, er wird auf mich warten.

Ich trete in die Pedale wie noch nie in meinem Leben, kürze über die Flusspromenade und den kleinen Waldweg ab, biege auf die Landstraße ein und – verflucht: Ich fahre auf der Felge! Ein Platter, gerade jetzt! Ich versuche, noch ein Stück weiterzufahren, aber ich kann es mir nicht leisten, mein Fahrrad zu ruinieren, nicht einmal für Daniel. Fluchend schiebe ich es hinter ein Gebüsch und lasse es liegen. Ein Blick auf mein Handy zeigt, dass der Empfang gleich null ist. Ich fluche noch einmal und laufe das letzte Stück bis zur Linde, vorbei an lachenden, quatschenden Jungs und Mädels mit Taschenlampen und Picknickkörben. Ich höre meinen Namen, aber laufe einfach weiter. Es ist immer noch sehr warm, und ich bin verschwitzt und außer Atem, als ich bei dem großen alten Baum ankomme. 19:57. Und Daniel ist nicht hier, natürlich nicht mehr. Ich laufe weiter, den Forstweg entlang, der zur Festwiese führt. Die Sonne steht schon tief, nur noch eine Stunde, bis sie untergeht. Die gelben Flammen des Lagerfeuers heben sich dramatisch vom dunklen Hintergrund der Bäume ab. Endlich da. Ich sehe mich suchend um, meine stechende Seite haltend. Die letzten Töne eines Beach-Boys-Songs dudeln fröhlich aus den Boxen des Gettoblasters. Da winkt jemand, eine dunkle Figur auf dem Steg. Einen winzigen Moment lang glaube ich, es ist Daniel, der mich schon gesucht hat, der vielleicht sauer ist, dass ich ihn habe warten lassen, aber dem ich schnell alles erklären kann, wenn wir uns ans Wasser setzen und in Ruhe reden …

„Rosa!“, ruft die dunkle kleine Figur auf dem Steg, und es ist Iris’ Stimme. Ich erinnere mich, dass nur noch wenige Abende mit ihr bleiben, und dränge meine Enttäuschung weg. Daisy und Iris sitzen auf einer Decke, lassen die Beine baumeln. Der nächste Song ist Bryan Adams’ „I do it for you“. Obwohl es noch nicht richtig dämmert, beginnen beim Lagerfeuer die ersten Pärchen zu tanzen.

„Ich dachte, du kommst mit Daniel!“, empfängt mich Iris beinahe vorwurfsvoll. „Ist was passiert?“

„Ja.“ Ich lasse mich schnaufend neben die beiden auf die Decke fallen. „Ich hatte einen platten Vorderreifen, und dann war da meine Mutter, die –“

„Nein, ich meine zwischen euch“, unterbricht Iris mich, und Daisys Blick warnt mich vor, dass gleich etwas kommt, was mir ganz und gar nicht gefallen wird. Etwas, das sie mir lieber ersparen würde. „Habt ihr gestritten oder so?“

„Nein, gar nicht“, sage ich. „Wieso?“

Iris zieht die Augenbrauen hoch, und ich folge ihrem Blick. Da ist Ollie, in einem kurzen Jeanskleidchen, barfuß, ihre beinahe unwirkliche Haarflut offen. Sie hält die Hand eines Jungen, der sie in Richtung der tanzenden Paare zieht – und der sich mit gefächerten Fingern die Haare aus dem Gesicht streicht. Er sieht genau in unsere Richtung, aber er sieht uns nicht wirklich. Er dreht sich zu Ollie um, zieht sie an sich, und noch immer kann ich sein Gesicht nicht sehen, aber ich sehe ihr Lächeln. Ich sehe, wie sie sich an ihn schmiegt, als wäre es das Natürlichste der Welt, als hätte sie nie was anderes gemacht. Und dann tanzen sie, eng umschlungen, Ollie und Daniel.

10. Dienstag

Unser Haus liegt etwas höher als das von Daniels Familie und ist zwar viel kleiner, aber besitzt dafür eine Besonderheit: ein vorgebautes altes Dachfenster, wie ein winziger Erker. Der Dachboden wurde niemals ausgebaut, aber wie alles im Dunstkreis meiner Mutter ist er sauber und aufgeräumt. Er wird als Lagerraum für Reisekoffer und Extrabettzeug verwendet, und bei Hochwasser für alles, was sonst im Keller aufbewahrt wird. Vor dem Erkerfenster steht ein alter, wackliger Küchentisch. Wenn ich auf den klettere, das Erkerfenster öffne und mich auf das Fensterbrett setze, sitze ich sozusagen mitten in unserem Dach und sehe ziemlich weit nach Süden, flussabwärts. Mit einem Feldstecher bewaffnet, kann ich die Häuser, die hinter der ersten Flussbiegung stehen, wunderbar beobachten, ohne selbst gesehen zu werden.

Nicht, dass mich diese Häuser im Allgemeinen interessieren. Nein, mich interessiert nur *ein* Haus. Ich sehe zwar nicht zu Daniels Zimmer, aber ich kann zum Teil die dem Fluss zugewandte Seite des Hauses sehen und die Hauszufahrt mit dem Autoabstellplatz. Ich kann sehen, wer kommt und geht. Ich kann zum

Beispiel sehen, wenn ein nagelneues, hochglänzendes gelbes Mountainbike neben der Haustür abgestellt ist. Ich kann auch sehen, wenn ein sündteurer, riesiger Geländewagen mit getönten Scheiben dort hält. Oder wenn ein Junge mit sonnengebleichten, etwas zu langen Haaren und ein Mädchen mit goldenen Locken und endlos langen Beinen von einer Ausfahrt mit dem Ruderboot zurückkommen.

Natürlich *müsste* ich mir das alles nicht ansehen. Ich fühle mich auch alles andere als toll dabei. Nicht nur, weil ich mir schäbig vorkomme, Daniel und Ollie auszuspionieren, sondern auch, weil sich jedes Mal, wenn ich die beiden zusammen sehe, ein quälend langsamer Drillbohrer durch mein Herz arbeitet. Warum bin ich erst *jetzt* ganz sicher, was ich fühle, was ich will, was ich hätte sagen sollen? Jetzt, wo es zu spät ist?

Ein- oder zweimal hat meine Mutter mitgekriegt, dass ich hier oben mit dem Fernglas sitze, und natürlich weiß sie genau, was ich mache. Mit Sicherheit hat sie gesehen, wie Ollie von Daniel im Hotel abgeholt wird. Nun muss sie sich keine Gedanken mehr darüber machen, dass über ihre Tochter geredet wird; darüber, wie sie durch Daniels Fenster in sein Zimmer einsteigt. Wie schön für sie, denke ich bitter, das kommt ihr ja gerade recht.

Aber sie hat kein Wort gesagt, zum Glück. Hätte sie versucht, mich zu kritisieren, zu belehren oder auch nur zu trösten, wäre ich bloß wütend geworden und hätte ihr an den Kopf geworfen, dass nichts, was ich hier mache, auch nur halb so bescheuert sein kann wie die Geschichte zwischen ihr und meinem Vater und die Art und Weise, wie sie mich darüber im Dunkeln lässt.

Mein Handy läutet. Iris.

„Bitte sag mir, dass du nicht auf dem Dach sitzt."

Mit Iris ist das anders, Iris darf das.

„Ich sitze nicht auf dem Dach."

„Bitte sag mir, dass das nicht gelogen ist."

„Das ist nicht gelogen."

Ich klettere hinein auf den alten Küchentisch.

„Ist es gelogen?"

„Was? Dass es nicht gelogen ist, dass ich nicht auf dem Dach sitze?"

Ich schließe umständlich die beiden Fensterflügel mit der freien Hand.

„Rosa!"

„Was kann ich dafür, dass du dich so unklar ausdrückst!"

Ich springe vom Küchentisch und bin mit wenigen Schritten auf der Dachbodentreppe, dann auf dem Flur, dann in meinem Zimmer, auf meinem Bett.

„Also", seufzt Iris ergeben, „wo bist du gerade, und was machst du?"

„Ich liege auf meinem Bett. Und telefoniere. Mit Iris, die Daisy und mich morgen schmählich im Stich lassen wird. Das ist die Wahrheit und nichts als die Wahrheit, so wahr mir Gott helfe."

„Hast du schon mit ihm gesprochen?"

Kein Wort seit dem Flussfest. Wir gehen einander erfolgreich aus dem Weg.

„Ich weiß nicht, wen du meinst“, antworte ich.

Noch ein tiefer Seufzer von Iris. „Es gefällt mir gar nicht, euch beide so zurückzulassen.“

Mit „so“ meint sie, dass Daisy und ich nicht gerade vor Glück jauchzend durchs grüne Gras hüpfen. Daisy hat Eric seit dem Scheunenkino noch ein einziges Mal gesehen. Er war mit seinen Freunden am Badeplatz, als sie mit ihren beiden Schwestern dort eingetrudelt ist – Isa auf ihrem Kinderrad, Nini im Kindersitz hinter Daisys Sattel. Eric hat sie gegrüßt, aber nicht weiter mit ihr geredet. Allerdings musste sie auch jede Sekunde auf die beiden Kleinen aufpassen: Nini kann noch nicht schwimmen, nimmt aber ständig ihre Schwimmflügel ab, weil sie ein „großes Mädchen“ sein will. Und Isa hat Kopfsprünge vom Steg geübt und wollte nach jedem Sprung eine Benotung von Daisy – es war also nicht so, dass Zeit zum Plaudern gewesen wäre, selbst wenn Eric sich zu ihr gesetzt hätte. Also leidet Daisy doppelt, weil morgen nicht nur Iris weg sein wird, sondern auch jegliche Hoffnung, Eric zufällig am Badeplatz oder sonst wo im Grillental über den Weg zu laufen. Vermutlich leidet sie sogar dreifach, denn sie kann nicht anders, als auch mit mir mitzuleiden.

Und ich – na ja, ich schwanke zwischen Liebeskummer, Selbstmitleid, Zorn auf meine Mutter, Verwirrung wegen meines Vaters und blankem Hass auf Ollie. Nicht sehr erwachsen, ich weiß. Aber ich bin schließlich auch nur ein Teenager.

„Ich rufe an, weil ich fragen wollte, ob du auch schon früher im Stall sein könntest. Ich hab noch schrecklich viel zu tun, und meine Mutter wandelt am Rande des Wahnsinns, weil sie alles allein machen muss und der Umzugswagen noch immer nicht fertig gepackt ist. Sie ist grade weg, um Besorgungen zu machen, aber ich möchte wieder hier sein und ihr helfen, wenn sie zurück ist. Man ist ja kein Unmensch."

Ich muss lachen. „Klar, kein Problem. Ich kann jederzeit weg."

„Gutes Kind. Daisy ist schon unterwegs. Dann also bis gleich!"

„Heee! Und wenn ich Nein gesagt hätte?"

„Hättest du nicht. Du liebst mich viel zu sehr."

„Ich fürchte, das stimmt!" Was werde ich dieses freche Großmaul vermissen!

„Also runter vom Dach und ab in den Stall!"

„Ich bin in meinem Zimmer!"

„Na sicher doch! Mach schnell!"

Ich tausche schnell Shorts gegen Reithosen und hole dann aus meiner Schreibtischschublade die kleine Tüte mit dem Päckchen, das seit ein paar Wochen auf diesen traurigen Tag wartet. Es ist eine sehr schöne weißgoldene Kette mit einem Kleeblattanhänger, den wir extra haben anfertigen lassen – es sollte schließlich ein dreiblättriges, kein vierblättriges Kleeblatt sein, und das ist nicht so leicht zu bekommen. Auf der Rückseite des Anhängers sind in die Blätter unsere Namen eingraviert, Iris, Daisy und Rosa. Und in der Mitte das Unendlichkeitssymbol, eine liegende Acht.

Es ist ein ziemlich teures Abschiedsgeschenk, aber das musste sein, da waren Daisy und ich uns einig.

Gerade als ich mein Handy in die Hosentasche stecken und durch die Tür gehen will, kommt eine Nachricht von Daisy:

Hast du das Geschenk?

Klar, antworte ich. *Hast du die Karte?*

Als Antwort kommt ein nach oben gereckter Daumen, dann eine Sekunde später ein sehr trauriger Smiley.

Fang nicht an …!, warne ich Daisy. Wir haben einander geschworen, nicht zu heulen und damit den allerletzten gemeinsamen Ausritt zu verderben.

Sie schickt mir einen breit grinsenden Smiley mit vielen Zähnen zurück, und diesmal antworte ich mit dem nach oben gereckten Daumen. Ich atme einmal kräftig durch den geöffneten Mund aus wie ein Skirennläufer unmittelbar vor dem Start. Also los. Augen zu und durch. Es ist nicht das allerletzte Mal, wir treffen uns abends noch einmal, wenn Iris mit dem Packen fertig ist. Und natürlich werden wir sie und ihre Familie morgen hoch zu Ross ein Stück begleiten, wenn sie abfahren. Das weiß sie zwar noch nicht, und wahrscheinlich würde sie es uns ausreden wollen, weil sie gegen melodramatische Abschiedsszenen ist, aber sie hätte ohnehin keine Chance.

Als ich im Stall ankomme, ist Iris schon da und hat den hölzernen Tisch gedeckt, an dem wir manchmal sitzen und unsere belegten Brote essen, während die Pferde mit ihrem wohlverdienten Kraftfutter, Äpfeln und Karotten beschäftigt sind. Gerade nimmt sie drei geeiste Frappucinos in Take-away-Bechern aus einer

Kühlbox und stellt sie zu dem Korb Croissants und Donuts.

„Wow“, sage ich, als ich vom Fahrrad steige. „Cool. Henkersmahlzeit. Wie hast du das geschafft?“

Der nächste Starbucks ist im Einkaufszentrum an der Schnellstraße nach Fehring, und man fährt gut zwanzig Minuten hin. Ich hätte gedacht, dass Iris' Eltern an ihrem letzten Tag andere Sorgen haben als Kaffee-Zustelldienst zu schieben.

Iris grinst. „Eric braucht Fahrpraxis. Und er wollte mich aufheitern. Wahrscheinlich wollte er auch einfach aus dem Haus kommen, die Packerei nervt ihn, und er ist schlecht drauf. Fällt ihm selbst nicht leicht wegzugehen, er ist so ein Landei.“

„Das Wort heißt ‚Naturbursche‘“, kontert Daisy, die eben zu uns stößt. „Und es bedeutet so viel wie intelligent, aber kein Bücherwurm, naturverbunden, aber kein Primitivling, einfühlsam, aber auf durch und durch männliche Art.“

Nachdem wir endlich bei unserem Mädelsabend geklärt haben, dass nicht nur ich, sondern auch Iris längst Bescheid über Daisys Schwäche für Eric weiß, kann sie wenigstens selbst Witze darüber reißen, wie toll sie ihn findet.

„Ja, er ist vom Olymp herabgestiegen und hat Frappucinos mitgebracht“, sagt Iris lachend. „Möge er sich diese göttliche Großzügigkeit erhalten.“

„Und sein gutes Aussehen!“, ergänze ich.

„Damit er dereinst einen würdigen Gemahl für Prinzessin Gänseblümchen abgibt!“, fällt Iris wieder ein.

„Hört, hört!“, sagt Daisy und lacht, und ich bewundere sie ohne Ende in diesem Moment. Ich wollte, ich könnte so viel Galgenhumor aufbringen.

„Iris wird schon auf ihn aufpassen!“, sage ich und erhebe meinen Becher.

„So wahr ich hier sitze!“, erklärt Iris und hebt ihren.

„Darauf und auf das Drei-Blumen-Kleeblatt!“, sagt Daisy und berührt unsere Becher mit ihrem. „Freundschaft für immer und ewig!“

Dann schluckt sie. Und ich schlucke. Und Iris schluckt. Und in unseren Augen steigt der Wasserspiegel. Und wir nehmen alle drei einen gewaltigen Schluck von dem kalten Kaffee-Eis-Mix, und das hilft ein wenig.

Iris räuspert sich. „Also, ich schätze, jetzt ist der richtige Moment, euch das hier zu geben.“ Sie greift in ihre Tasche und holt zwei kleine Päckchen hervor, nicht unähnlich dem, das wir für sie vorbereitet haben.

Ich öffne meines und finde ein silbernes Bettelarmband mit zwei emaillierten Anhängern: einem galoppierenden Pferd und einer Rose. Daisy hat dasselbe Pferd und ein Gänseblümchen.

Wir starren auf unsere Armbänder, schlucken und greifen wieder nach unseren Frappucinos. Dann holt Daisy die Karte hervor und ich unser Geschenk. Iris öffnet erst die Karte, auf der vorn zwei Pferde abgebildet sind, die sich an einem Gartenzaun von einem Einhorn verabschieden. Die Sprechblase der beiden Pferde sagt: „Meld dich mal aus Hollywood!“

Die Sprechblase des Einhorns sagt: „I'll be back!“

Iris sagt kein Wort und sieht uns auch nicht an. Dann öffnet sie ihr Geschenk. Atmet scharf ein, als sie die Kette sieht. Dreht das Kleeblatt um, fährt mit dem Finger über die gravierten Namen, das Unendlichkeitssymbol. Und dann heult sie los. Einfach so. Iris! Und ich dachte, Daisy würde die Schwachstelle sein, vielleicht auch ich, aber Iris! Damit hatte keine von uns gerechnet. Und seltsamerweise macht es Daisy und mich irgendwie stärker, dass Iris jetzt einknickt. Wir umarmen sie von beiden Seiten, und ich sage: „Blöde Heulsuse!“, und Daisy sagt: „Weichei, wehleidiges!“

Und Iris muss lachen, was beim Weinen ja bekanntlich stört, und drückt uns beide und sagt schniefend. „Geile Karte. Super Geschenk. Ich liebe euch zwei Knalltüten.“

„Wir können dich auch ganz gut leiden“, erkläre ich, und Iris muss wieder lachen.

Und dann haben wir's hinter uns gebracht, essen unsere Henkersmahlzeit, satteln die Pferde und haben einen echt schönen Ausritt bei echt guter Stimmung. Danach stehen wir allerdings wehmütig am Koppelzaun und beobachten, wie Ginger Seite an Seite mit ihren Kumpels grast. Das wird ihre letzte Nacht in der gewohnten Box. Wenigstens hat sie nicht jetzt schon Kummer, sondern nimmt jeden Moment so, wie er kommt. Und momentan ist sie gerade rundum zufrieden, auf einer grünen Weide, umgeben von den vertrauten Freunden.

Daisy hat entweder wieder mal meine Gedanken gelesen oder denkt zufällig genau dasselbe. „Wenn wir das doch auch könnten", sagt sie mit einem Seufzer. „Uns nicht um die Zukunft oder die Vergangenheit Sorgen machen. Bestimmt sind Pferde wesentlich öfter zufrieden und glücklich als wir."

„Schon wahr", meint Iris. „Aber Pferde gewinnen seltener Oscars. Ich bleibe also bei meiner menschlichen Gestalt."

„Und diese Gestalt taucht hoffentlich wie verabredet um fünf bei Daisy auf?", frage ich.

„Klar", sagt Iris. „Aber es wird keine lange Nacht, fürchte ich."

„Nur Abendessen", meint Daisy. „Ich koche. Und die Kiddies schnalle ich vor den Fernseher."

Ausnahmsweise können Daisys Eltern nichts dafür, dass sie nicht da sind – Mila hat gemeinsam mit zwei anderen Künstlerinnen in einem Schloss etwa hundert Kilometer von hier eine Ausstellung, und Bernd hilft beim Aufbau. Wir müssen uns also bei Daisy treffen, weil sie nicht wegkann.

Wir schwingen uns auf unsere Fahrräder und radeln schweigend bis zu der Kreuzung, an der ich in eine andere Richtung muss als Daisy und Iris.

„Also um fünf!", sagt Daisy.

Iris und ich nicken zustimmend.

„Und wer zuerst heult, macht den Abwasch!", ruft Daisy noch. „Der Geschirrspüler ist kaputt!"

„Ja, Iris soll lieber Gummihandschuhe mitnehmen, die alte Heulsuse!", rufe ich über die Schulter zurück.

Die beiden lachen, und eine Sekunde lang bin ich einfach nur dankbar, dass es sie gibt. Dann sehe ich das

Auto von Daniels Mutter auf mich zukommen, und Daniel auf dem Beifahrersitz. Vera hält wie befürchtet neben mir an.

„Hallo, Rosa", sagt sie freundlich durch das heruntergelassene Fenster. „Wir fahren ins Einkaufszentrum, Daniel braucht irgendwas für seine Kamera."

„Ein Objektiv, liebe Mutter", sagt Daniel und fügt hinzu: „Hey, Rosa."

„Hey", antworte ich. Wenn er so neben seiner Mutter im Auto sitzt, sieht er aus wie ein kleiner Junge, obwohl er mindestens so groß ist wie sie. Ich versuche, ihn nicht anzusehen. Er öffnet seinen Gurt und schließt ihn wieder, als wäre es dringend notwendig, die Funktionstüchtigkeit der Schnalle zu überprüfen.

„Ich wollte nur fragen, ob ihr vielleicht etwas braucht", sagt Vera, die bei unserem Austausch die Augenbrauen kaum merkbar angehoben hat.

„Ich denke nicht", antworte ich höflich. „Aber vielen Dank."

„Ich hoffe, wir sehen uns bald?", sagt Vera.

„Ehm, ja. Sicher. Ich schätze schon", antworte ich in einem möglichst vagen Tonfall, der sagen soll: „Ich wohne ja auch hier. Vielleicht laufen wir einander im Laden über den Weg. Aber deinen Sohn besuche ich wohl die nächsten hundert Jahre nicht mehr. Er hat sich anders entschieden."

Natürlich weiß ich, dass sie es nur nett meint, mir zeigen will, dass ich nach wie vor zur Familie gehöre. Aber ich weiß auch, dass sie Ollie in ihrem Haus bewirtet, zulässt, dass Ollie auf Daniels Patchworkdecke sitzt, und dass sie Ollie vermutlich unwiderstehlich findet, genau wie alle anderen.

„Also, ich muss dann", sage ich und setze den Fuß auf das Pedal. „Iris fährt morgen und ..." Und was? Ich muss noch schnell ihr Auto durchchecken? Ich muss ihre Koffer packen? Ich schätze, ich will Vera bloß zu verstehen geben, dass in meinem Leben noch andere Dinge passieren, als dass ihr Sohn jetzt eine Freundin hat. Wichtigere Dinge.

„Natürlich", sagt Vera und lächelt mich wieder an. „Also, bis bald."

„Bis dann", sage ich und radle los. Ich hoffe bloß, sie kommt sich wenigstens ein bisschen blöd vor wegen unseres Gesprächs neulich. Ich musste mir das alles anhören, nur Tage bevor Daniel sich eine andere anlacht. Ja, ich hoffe, sie kommt sich *ordentlich* blöd vor.

Ich weiß, ich sollte nicht so denken, aber wie gesagt, ich bin auch nur ein Teenager.

Es ist fast Mittag, als ich nach Hause komme. Ich mache mir ein Käsebrot, stelle fest, dass ich nicht wirklich Appetit habe, und füttere mit dem Käse die Nachbarskatze, die einen unfehlbaren Instinkt dafür hat, im richtigen Moment aufzukreuzen. Nachdem sie den gesamten Brotbelag vertilgt hat, geht sie grußlos und überlässt mich wieder meinen Gedanken. Ich versuche zu lesen, aber ich bin zu unruhig. Ich hänge die Wäsche auf und fege den Küchenboden. Ich hole den Staubsauger und sauge das ganze Haus, von oben nach unten. Auch die Ecken und jede einzelne Treppenstufe. In Moms Arbeitszimmer bücke ich mich, um einen zusammengeknüllten Notizzettel in den Papierkorb zu werfen. Einem Impuls folgend, falte ich ihn auseinander. Hier steht nichts, was irgendwie mit meiner Herkunft zu tun hat, nur der Name einer mir unbekannten Frau, Ulrike Hainbach, und darunter eine Adresse in der Stadt, aus der meine Mutter stammt und in die Iris und ihre Familie jetzt ziehen. Der Straßenname kommt mir bekannt vor, aber ich weiß nicht, woher. Vielleicht irre ich mich ja auch, ich kenne eigentlich niemanden da außer meinen Großeltern.

Moms Computer ist an, als Bildschirmschoner hat sie ein ganz neues Foto, das Iris neulich beim Frühstück von uns beiden gemacht hat, am Morgen nach unserem Abschiedsabend. Wir strahlen beide in die Kamera, und ich sehe plötzlich die Ähnlichkeit zwischen uns trotz der unterschiedlichen Augen- und Haarfarbe. Die Art, wie sich unsere Lippen beim Lachen formen, die Augenbrauen, der Abstand zwischen Nase und Mund, das Kinn, der Haaransatz. Ja, es gibt genug, was wir gemeinsam haben. Wenn ich ehrlich bin, ja auch den Hang zur Geheimniskrämerei. Mein Tagebuch steckt derzeit in einer Unterbettkommode zwischen Daunendecken und Extrakissen. Da steht so einiges drin, was meine Mutter nicht lesen soll. Kann ich ihr wirklich übel nehmen, dass sie genauso ist wie ich? Andererseits, schuldet sie mir nicht die Wahrheit über meine eigene Herkunft? Schließlich geht es dabei ja nicht nur um sie!

Jedenfalls ist es ein sehr gutes Foto von uns beiden. Meine Arme sind um Moms Schultern geschlungen, und sie greift mit einer Hand nach meinen Händen. Sie muss Iris gebeten haben, ihr das Foto zu schicken, ohne dass ich es mitgekriegt habe. Das finde ich unwillkürlich ziemlich rührend, und plötzlich schwimmen meine Augen, als ob ich heute nicht schon genug andere Gründe zum Heulen hätte! In diesem Moment klingelt mein Handy.

„Iris! Sag nicht, du kannst heut nicht mehr!"

Sie lacht halbherzig. „Nein, ganz so schlimm ist es nicht, aber ich schaffe es nicht bis fünf. Eric hat sich abgesetzt, und seine Sachen sind noch nicht mal zur Hälfte gepackt. Wir können ihn nicht erreichen, er stellt sich einfach tot."

Eric ist ganz anders als seine Schwester, viel ruhiger, und ich glaube, auch ziemlich sensibel. Wahrscheinlich sitzt er irgendwo und verabschiedet sich auf seine Weise vom Grillental. Diese Vermutung hat auch Iris, aber sie ist deshalb nicht weniger sauer auf ihren Bruder.

„Leicht ist es für keinen von uns, aber das ist noch lange kein Grund, einfach abzuhauen und uns mit der Arbeit sitzen zu lassen. Na ja." Sie seufzt. „Jedenfalls kann ich meine Mutter nicht in dem Chaos allein lassen. Ich helfe ihr packen, und sobald wir fertig sind oder Eric auftaucht und übernimmt, komme ich. Aber es wird wohl sieben oder halb acht werden."

„Kein Problem. Ich bin dann schon bei Daisy, und wir warten auf dich."

Kein Problem, von wegen!, denke ich, als ich das Handy wieder einstecke. Noch zwei Stunden mehr totzuschlagen! Ich packe den Staubsauger wieder weg, dusche und lege mich fertig angezogen auf mein Bett. Halb fünf. Heute ist Dienstag. Normalerweise würde ich jetzt ein paar DVDs und Bücher in einen Rucksack packen und zu Daniel radeln – oder bei so schönem Wetter wahrscheinlich rudern. Bei diesem Gedanken werde ich plötzlich wütend. Es ist Dienstag, *unser* Tag! Und er hat es vorhin nicht mal der Mühe wert gefunden, einen Pieps deswegen zu sagen! Er weiß schließlich nicht, dass ich mich abends noch mal mit den Mädels treffe! Er weiß auch nicht, dass ich nicht vorhabe, je wieder einen Fuß in sein Haus zu setzen, geschweige denn auf sein Fensterbrett! Also, wie kann er einfach davon ausgehen, dass unsere Dienstage jetzt gestorben sind? Wir sind Freunde seit dem Sandkastenalter, und nun ist er ein paar Tage mit einer dahergelaufenen Mexikanerin zusammen, und schon zähle ich nichts mehr? Gar nichts? Na, jetzt weiß ich ja, was diese Freundschaft wert ist!

Ich laufe die Treppe zum Dachboden hinauf, steige durch die Luke (im Sommer ist die Klappe immer offen), klettere auf den alten Küchentisch und schnappe mir den bereitliegenden Feldstecher. Ob Vera und er schon aus dem Einkaufszentrum zurück sind? Ein paar Stunden kann man da locker totschlagen … und vielleicht trifft er ja auch Ollie, denke ich bitter, es sind ja jede Menge Läden dort, in denen man „Inventur machen" kann.

Ah! Da kommen sie gerade! Veras Wagen fährt vor, die Beifahrertür öffnet sich, und Daniel steigt aus dem

Wagen, in der Hand einen Karton, den er so vorsichtig hält, als wäre er aus Glas – wohl das neue Objektiv. Er schlägt die Autotür zu, hebt grüßend die Hand und geht ins Haus. Vera wendet den Wagen und fährt wieder weg, wahrscheinlich zum Obstmarkt, der ist dienstags vor der Kirche.

Daniel ist im Haus verschwunden, und ich beschließe, ihn anzurufen, jetzt sofort, solange ich noch wütend bin. Ich werde ihm auf den Kopf zusagen, was er für ein lausiger Freund ist.

Meine Hand zittert, als ich mich auf den wackeligen Tisch setze und Daniel anwähle. Ich bin nicht nur wütend, ich bin nervös, so aufgeregt, als würde ich einen völlig Fremden anrufen. Und er *ist* fremd geworden, er ist jetzt nicht mehr Daniel, mein alter Freund, er ist Daniel, der „Freund" von Ollie. Es gibt diesen ganzen Bereich seines Lebens, an dem ich keinen Anteil habe, über den ich nichts weiß, der mich nichts angeht. Und ich *hasse* das.

Es läutet und läutet. Er hebt nicht ab. Er hebt nicht ab? Die Mailbox antwortet schließlich. Er hebt tatsächlich nicht ab! Ich weiß, dass er zu Hause ist, ich weiß, dass er sich, wenn er nach Hause kommt, immer erst mal was aus der Küche holt und sich dann damit in sein Zimmer verzieht. Ich weiß, dass er sein Handy *immer* griffbereit hat. Ich wähle noch einmal. Wieder die Mailbox. Ich gebe ihm zehn Minuten. Zehn Minuten, mich zurückzurufen. Zehn Minuten, keine Sekunde länger. Wenn er dann nicht zurückgerufen hat, dann … dann …

Die Türglocke rettet mich davor, mir einzugestehen, dass ich genau gar nichts tun kann, wenn er nicht zurückruft.

Ich stolpere fast über die steile Treppe bei dem Versuch, so schnell wie möglich zur Eingangstür zu kommen. „Kommeee!“, brülle ich und reiße gleich darauf die Tür auf.

Davor steht Daisy mit Nini und Isa. Das Erste, was mir auffällt, ist, dass Daisy Lipgloss aufgetragen hat. Und ihre Wimpern sind getuscht.

Das Nächste, was mir auffällt, ist, dass die Kinder barfüßig sind und Nini ein Nachthemd anhat. Sie besteht darauf, zum Mittagsschlaf ihr Nachthemd anzuziehen, sonst geht sie nicht schlafen. Sie steht da, den Daumen im Mund, und guckt drein, als hätte sie keine Ahnung, was los ist und wo sie sich befindet. Daisy muss sie geweckt haben.

Sie ist mit dem Tandem gekommen, was bedeutet, dass sie allein treten, aber zwei Kinder mittransportieren muss, denn Isa kommt noch nicht richtig an die Pedale und Nini sitzt sowieso im Kindersitz.

Entsprechend außer Atem ist sie.

„Daisy! Alles okay?“

„Isa, rein mit euch, husch! Ihr dürft fernsehen!“

Isa läuft an mir vorbei ins Wohnzimmer, Sekunden später höre ich den Ton irgendeiner Kinderserie. Nini trottet wie in Trance hinterher. Die Kleinen waren schon oft genug mit ihrer Schwester hier, um sich wie zu Hause zu fühlen. Daisy drückt mir einen bunten Rucksack in die Hand.

„Spielzeug, Saft, Knabberzeug. Schuhe. Irgendwas zum Anziehen. Bitte pass auf sie auf, ich brauch bestimmt nicht sehr lange."

„Okay, aber –"

„Eric", sagt sie. „ich bin ziemlich sicher, dass ich weiß, wo er ist. Ich muss ihn einfach noch einmal sehen, ohne Leute um uns rum. Das ist meine letzte Chance, Rosa."

„Okay", wiederhole ich, verblüfft über so viel Entschlossenheit. „Alles klar, natürlich passe ich auf sie auf, kein Problem."

Daisy zögert noch ganz kurz. „Bist du auch sicher? Ich hab nicht wirklich darüber nachgedacht, ich bin einfach losgefahren, nachdem Iris mich angerufen hat!"

„Jetzt fahr schon! Ich schlage hier sowieso nur Zeit tot! Kein Problem! Mach schon! Verschwinde!"

„Du bist die Beste!" Daisy richtet das Tandem auf, das neben der Eingangstür liegt.

„Nein, nimm mein Rad, damit bist du schneller!"

Sie wirft mir einen dankbaren Blick zu, lässt das Tandem fallen und schnappt stattdessen mein Fahrrad. Sekunden später steht sie in den Pedalen und radelt mit aller Kraft die Zufahrt hinauf.

„Viel Glück!", brülle ich ihr noch nach, dann gehe ich hinein, um nach den Kindern zu sehen. Isa klickt sich durch unsere paar Kanäle (Mom und ich haben kein Kabel, weil wir ohnehin nie fernsehen), Nini hat sich auf dem Sofa zusammengerollt und starrt, den Daumen im Mund, auf die wechselnden Bilder.

Ich habe immer noch mein Handy in der Hand und werfe einen Blick darauf. Nichts. Ich wähle Daniel erneut an, komme sofort auf die Mailbox. Die Wut steigt wieder in mir hoch. Ich *weiß* doch, dass er da ist! Und wie beschäftigt kann er schon sein, dass er überhaupt nicht auf sein Handy schaut! Gegenseitige Ausweichmanöver, um Gras über die Sache wachsen zu lassen, sind eine Sache, aber den anderen abblitzen zu lassen, eine ganz andere! Das würde er nicht wagen, wenn ich vor ihm stünde, aber hinter seinem Handy kann man sich ja so super verstecken! „Mein Akku war leer!“, „Ich hatte es leise gestellt!“, „Hab ferngesehen und nicht draufgeschaut!“, „War unter der Dusche!“

„Hey, ihr zwei!“, sage ich in meinem spritzigsten Kinder-Animations-Tonfall. „Was haltet ihr von einer Bootsfahrt?“

11. Alles ist relativ

Keine fünf Minuten später sitzen wir drei in der *Rosita*, und ich lege meinen ganzen Zorn auf Daniel in meine Ruderarme. Flussabwärts geht es schnell, und ich hoffe nur, dass Daniel nicht am Steg ist, sonst sieht er auf mich hinunter, das erschwert das Zur-Rede-Stellen. Außerdem will ich mich nicht vor den beiden Kleinen mit ihm zoffen.

Aber meine Sorge war unbegründet, der Steg liegt verlassen, als ich anlege, und ebenso verlassen wirken Haus und Garten.

„Eine Hollywoodschaukel!", jubelt Isa, als ich sie aus dem Boot hebe. Sie läuft die paar Holzstufen bis zur untersten Gartenebene hinauf, wo die mittlerweile uralte Schaukel steht. Hier haben Daniel und ich viele Stunden verbracht, als wir so alt waren wie sie – mit Spielen und Büchern, Wassermelone essend und Limonade trinkend, im Schatten des rot-weiß gestreiften Stoffdaches auf rot-weiß gestreiften Kissen schlafend, wenn wir von unseren actionreichen Tagen ausgepowert waren.

Ich platziere die Kinder auf der Schaukel, leere zwischen ihnen den Rucksack aus und gebe Isa noch den

Auftrag, ihrer Schwester beim Anziehen von Shorts, T-Shirt und Sandalen zu helfen.

„Ich gehe nur ganz kurz rein, um mit Daniel zu reden!“, erkläre ich ihnen. „Fünf Minuten!“ Länger sollte es nicht dauern, loszuwerden, was ich loswerden will. Ich habe nicht vor, ihn zu Wort kommen zu lassen. „Versprecht mir, dass ihr genau hier bleibt, bis ich wiederkomme!“

„Urcool, die Schaukel!“, sagt Isa.

„Ich schlaf noch!“, sagt Nini und rollt sich auf dem Sitzpolster zusammen. „Wenn ich mein Nachthemd anhabe, dann schlafe ich.“

Ich seufze und verdrehe die Augen, was beide ignorieren. „Okay, whatever!“, sage ich. „Hauptsache, ihr rührt euch nicht von der Stelle.“

Isa fängt an, irgendein Pippi-Langstrumpf-Seeräuberlied zu singen und schaukelt nach Leibeskräften. Nini macht im Takt: „Wuuuh – wuuuh – wuuuh!“

Das Schlimmste, was passieren kann, ist, dass eine von der Hollywoodschaukel fällt, und das kann auch passieren, wenn ich genau danebenstehe, also was soll's. Ich starte entschlossenen Schrittes Richtung Haus. Einen Augenblick überlege ich, durch die Haustür hineinzugehen. Aber soll ich vielleicht klingeln wie eine Wildfremde? Kommt nicht infrage. Also rechts herum zur Ostseite des Hauses, auf den Baum, ins Baumhaus, aufs Fensterbrett – ja, das Fenster ist offen, er ist garantiert da. Und heute freue ich mich richtig darauf, ihn mit meinem plötzlichen Auftauchen aus der Fassung zu bringen.

Und es gäbe auch gleich einen guten Ansatzpunkt: Es ist *Dienstag*! Du solltest aus der Fassung sein, wenn ich *nicht* komme! Oder hat sich jetzt alles geändert, nur weil du mit Miss Mexiko rummachst? Gut zu wissen! Ich komme auch gar nicht, weil heute Dienstag ist, sondern nur, um dir zu sagen, dass ich mich in Zukunft nicht mehr aufdrängen werde! Ich dachte ja, wir würden Freunde bleiben, aber offensichtlich überfordert dich das. Also bitte, wenn du jetzt so beschäftigt bist, dass du nicht mal mehr meine Anrufe annehmen kannst, dann lassen wir es eben gut sein! Es wird dir zwar noch leidtun, spätestens, wenn deine neue Freundin dir das Herz bricht und dich sitzen lässt, aber dann gibt es kein Zurück mehr!

Ich springe im Superhelden-Stil durch das Fenster in Daniels Zimmer, bereit diese flammende Rede loszuwerden, aber mein Mund bleibt offen stehen, denn Daniel ist eindeutig nicht hier.

„Daniel?“, rufe ich trotzdem vorsichtig, aber natürlich kommt keine Antwort. Sein Zimmer ist nicht so groß, dass ich ihn hier übersehen könnte – außer er hockt hinter seinem Bett wie neulich seine Mutter. Das ist aber nicht der Fall. Ich öffne also die Zimmertür, rufe auch in den Flur hinaus seinen Namen. Keine Reaktion. Im Bad ist er auch nicht. Die einzige Erklärung könnte sein, dass er durchs Haus direkt hinunter in die Garage gegangen ist. Jetzt fällt mir auch ein, dass Daniel neulich erwähnt hat, das Ruderboot müsse überholt werden. Dazu bocken er und sein Vater es immer in der Garage auf. Ich schließe die Zimmertür wieder und bemerke Daniels Handy auf seinem Schreibtisch – am Ladegerät hängend. In diesem Moment kommt ein Signalton, und das Hintergrundbild des Handys leuchtet auf: ein Selfie von Daniel und Ollie, Wange an Wange. Meine drei „Anrufe in Abwesenheit“ scheinen auf und darunter eine WhatsApp-Nachricht von Ollie. „Du muss mit ihr reden!!!“ ‚Mit ihr‘? Meint sie mich? Mir wird heiß, teils aus Zorn, weil die beiden über mich reden, teils aus schlechtem Gewissen, weil das hier beinahe wie Spionieren ist.

Beinahe, denn ich habe das Handy schließlich nicht berührt, und was kann ich dafür, dass die Nachricht genau dann kommt, wenn ich davorstehe. Einen Moment lang weiß ich nicht, was ich tun soll. Das Handy zeigt vierzehn Prozent Akku, das heißt, es muss wirklich komplett leer gewesen sein. Wahrscheinlich von seinem regen WhatsApp-Verkehr mit Ollie, denke ich bitter. Aber was soll ich jetzt tun? In die Garage hinuntergehen und mich dort beschweren, dass er nicht auf Anrufe reagiert, obwohl ich jetzt ziemlich sicher sein kann, dass er sie tatsächlich gar nicht mitbekommen hat? Zugeben, dass ich extra deshalb hergekommen bin?

Ich öffne erneut die Tür, nur um sicherzugehen, dass Daniel nicht auf dem Weg in sein Zimmer ist – dann sähe es wohl besonders blöd aus, wenn ich gerade dabei wäre, durchs Fenster wieder zu verschwinden, ohne mich bemerkbar gemacht zu haben.

Aber da ist nichts zu hören. Fast erleichtert wende ich mich um, entschlossen, unauffällig abzuhauen und diese unvermeidliche Konfrontation auf später zu verschieben. Dann fällt mein Blick auf seinen Laptop. Er ist aufgeklappt, offenbar im Stand-by-Modus, und als ich genauer hinsehe, erkenne ich, dass die Speicherkarte seiner Kamera steckt. Ich zögere einen Augenblick, dann siegt die Neugier. Er hat mir doch ohnehin immer alle seine Fotos gezeigt, rechtfertige ich mich vor der inneren Stimme, die schreit: „Vertrauensbruch! Verrat! Denk an dein Tagebuch! Du wärst fuchsteufelswild an seiner Stelle! Tu's nicht!"

Ich drücke die Enter-Taste und sehe genau in Ollies Augen. Ollies wunderschöne, große braune Augen unter den langen dunklen Wimpern, die mich sanft und dabei spitzbübisch, ein bisschen kokett und völlig offen ansehen. Nur, dass sie natürlich nicht mich ansehen, sondern Daniel. Nur dass diese schön geschwungenen Lippen unter der niedlichen Nase mit den paar Sommersprossen nicht mich anlächeln, sondern Daniel. Und in diesem einen Moment, bei diesem Blick, diesem Lächeln, wird mir klar, dass sie in ihn verliebt ist. Ich klicke auf die Pfeiltaste, nun schon ein bisschen gewappnet, und da kommt das nächste Foto, ein etwas größerer Ausschnitt. Man sieht sie etwa bis zur Taille, sie wirft den Kopf zurück und lacht. Das Bild ist nicht ganz scharf, aber Daniel hat sie in dieser Bewegung perfekt eingefangen: Die springenden Locken, das hochgereckte Kinn, der geschwungene Hals, das ist Ollie, wie sie leibt und lebt. Ich klicke weiter. Ollie beim Flussfest, trinkend, essend, singend, lachend, tanzend – sehr *oft* tanzend, und diese sind vermutlich, abgesehen von dem allerersten Porträt, die besten Fotos. Ich erinnere mich daran, wie ich sie während des Fests voller Neid beim Tanzen beobachtet habe – sie bewegt sich so selbstverständlich und locker zur Musik, wie ich es noch nie gesehen habe, zumindest nicht bei Mädchen in meinem Alter. Es scheint ihr völlig egal zu sein, ob sie beobachtet wird oder nicht – sie sieht wie eine professionelle Tänzerin aus oder wie eine Schauspielerin in einem Teeniefilm. Vor allem aber sieht sie aus wie eine sehr unwiderstehliche Ollie. Gesehen durch Daniels Augen. Es kommt noch mehr: Ollie beim Bootfahren, Ollie am Steg im Bikini, Ollie beim Eisessen, Ollie verschwitzt und fröhlich beim Büchsenzählen im Lager von Edis Shop, Ollie, Ollie, immer nur Ollie. Es müssen Hunderte Bilder sein, aber ich hab genug gesehen.

Mein Blick fällt auf den Namen des Ordners. Es ist ein Name, aber nicht Ollie, sondern …

Von draußen kommt das schrille, panische Kreischen einer Kinderstimme.

Ich bin mit einem Sprung aus dem Fenster im Baumhaus. Statt hinunterzuklettern, lasse ich mich aus halber Höhe ins Gras fallen, lande irgendwie schief, spüre einen stechenden Schmerz im Knöchel, laufe ohne Rücksicht darauf so schnell wie noch nie in meinem Leben ums Haus herum auf die Hollywoodschaukel zu. Sie schaukelt noch leicht im Wind, überall verstreut liegen Spielzeug und Kinderkleidung, aber die beiden Mädchen sind nicht zu sehen.

Da kommt der nächste Schrei, und mich durchfährt eine solche Panik, dass ich glaube, meine Brust zerreißt in zwei Teile. Der Schrei kommt vom Fluss. Ich renne weiter, auf den Steg zu. Als ich die Situation überblicke, habe ich noch die Geistesgegenwart, mein Handy aus der Hosentasche zu ziehen und irgendwohin zu werfen. Ich renne den Steg entlang, ein letzter Kontrollblick, aber Daniels Boot ist tatsächlich nicht da, ich springe kopfüber ins Wasser, ohne noch einen Moment zu zögern, und schwimme und bete.

Mein Holzboot ist schon ein gutes Stück abgetrieben und zum anderen Ufer hinübergedriftet. Ein Ruder treibt ein paar Meter von der *Rosita* entfernt. Isa hängt über dem Rand des Bootes und versucht, ihre kleine Schwester an Bord zu ziehen. Das Boot ist durch das Übergewicht gefährlich nah am Kentern. Nini strampelt mit den Füßen, das Gesicht aus dem Wasser haltend, und Isa umklammert ihre Hand. Doch jetzt kentert das Boot wirklich fast, und Isa muss loslassen, einen Augenblick nur. Nini, offensichtlich ermüdet vom Strampeln, gleitet sofort unter Wasser, und Isa schreit, schreit zum dritten Mal. Und jetzt verstehe ich, was sie schreit, es ist mein Name, so hoch und in solcher Panik gekreischt, dass ich ihn erst nicht verstanden habe.

„Ich komme, Isa!“, brülle ich zwischen zwei Schwimmbewegungen, so laut ich kann. „Halt sie fest!“ Ninis Kopf taucht auf, röchelnd, spuckend, und irgendwie kriegt Isa sie an ihrem Nachthemd zu fassen und kann sie ein wenig aus dem Wasser halten. „Ich komme!“, keuche ich und noch einmal lauter: „Ich komme! Halt sie fest!“

Ich bin eine super Schwimmerin. Immerhin bin ich an diesem Fluss aufgewachsen, um nicht zu sagen *in* diesem Fluss. Ich kann schwimmen, seit ich drei bin, habe mich in unzähligen Wettschwimmen mit Daniel duelliert, und jetzt schwimme ich mir die Seele aus dem Leib. Aber schon nach ein paar Sekunden wird mir klar, dass Daisys Schwestern sich weiter entfernen. Der Fluss ist an dieser Stelle sehr breit und wird zur Mitte hin auch sehr tief. Die Strömung treibt die beiden schneller von mir weg den Fluss hinunter, als ich ihnen nachkommen kann, egal, wie sehr ich mich anstrenge. Sie sind dem gegenüberliegenden Ufer deutlich näher, aber nicht nahe genug, um es sicher zu erreichen. Isa schafft es kaum, ihre Schwester über Wasser zu halten, und selbst wenn sie die Hände frei hätte, würde die Sechsjährige es kaum fertigbringen, mit einem Ruder ans Ufer zu paddeln.

Ich schwimme mit aller Kraft, mache endlich ein paar Meter gut. „Ich komme!“, schnaufe ich noch einmal, doch in diesem Moment entgleitet der Kleinen das Nachthemd der Schwester, ein weiteres verzweifeltes Kreischen folgt.

Und plötzlich weiß ich, dass ich es nicht schaffen kann. Die Entfernung ist zu groß, die Kinder sind schon zu geschwächt, mir geht auch schon die Kraft aus, und der Fluss arbeitet gegen mich. Da taucht Nini wieder auf, Isa erwischt eine Haarsträhne, dann wieder das Nachthemd. Die Kleinere hält spuckend und hustend ihr Gesicht wieder für ein paar Sekunden über Wasser, und ich mobilisiere noch einmal alle Kräfte. Warum muss der Fluss gerade hier so breit sein? Warum treibt er sie zum falschen Ufer? Im Geist gehe ich alles durch, was ich über Reanimation weiß, und ich bete, bete …

Da nehme ich aus dem Augenwinkel eine Bewegung auf der gegenüberliegenden Seite des Flusses wahr. Hat jemand unsere Rufe gehört, etwas von unserem Drama mitbekommen? Ohne einen Takt innezuhalten, versuche ich auszumachen, was sich da drüben nähert – es ist ein Pferd! Ein Pferd galoppiert in halsbrecherischem Tempo den Hang hinunter, auf das Ufer zu! Aber das Pferd ist viel zu schnell, es wird stürzen, es wird sich alles brechen. Und den Reiter … die Reiterin, die uns sichtlich helfen will, werde ich auch noch auf dem Gewissen haben! Während diese Gedanken durch mein Gehirn zucken wie Blitze, schwimme ich weiter, immer weiter, Kopf unter Wasser, Kopf über Wasser, und jedes Mal, wenn ich auftauche, versuche ich, das Pferd und seine Reiterin genauer zu erkennen. Das Pferd ist nicht irgendein Pferd, es ist ein außergewöhnliches Pferd in einer außergewöhnlichen Farbe – Chispa! Neben dem Pferd rennt ein winziger Hund – McCartney! Und unter dem Helm der Reiterin quillt eine blonde Lockenmähne hervor – Ollie!

Ihr Blick ist direkt auf das beinahe kenternde Boot mit den beiden kleinen Mädchen gerichtet. Wild entschlossen treibt sie Chispa an, die, ohne zu zögern, wie ein Pfeil auf das Wasser zuschießt. Über den schmalen Strand galoppiert sie ins seichte Wasser, bis sie den Boden unter den Füßen verliert, dann schwimmt sie. Doch da löst sich Ollie schon aus dem Sattel, und ich sehe sofort, dass auch sie eine gute Schwimmerin ist. Und sie ist näher, viel näher an den Kindern als ich! Zehn, zwanzig Schwimmzüge, und sie hat das Boot erreicht. Sie schnappt Nini, hält sie über Wasser, redet erst auf sie ein, dann auf Isa, sie beruhigt beide, sagt und tut genau das Richtige: Isa geht in die Mitte des Bootes, um nicht zu kentern. Nini lässt sich so weit beruhigen, dass Ollie sie mit einem perfekten Rettungsgriff fassen und auf dem Rücken schwimmend Richtung Ufer transportieren kann.

Chispa hat schon wieder festen Boden unter den Füßen. Sie schüttelt sich und beginnt zu fressen – völlig ruhig, als würde sie täglich in halsbrecherischen Aktionen ihr Leben riskieren, um kleine Mädchen zu retten.

Und immer noch habe ich das Boot nicht erreicht, auch wenn mein Abstand sich verringert hat. Aber da kommt Ollie schon wieder. Sie hat Nini in die Decke gewickelt, die sie immer zusammengerollt hinter ihrem Sattel dabeihat. Nun springt sie erneut ins Wasser und schwimmt auf die *Rosita* zu. Sie schnappt sich das Tau, mit dem ich mein Boot vorhin – mir kommt es vor, als wären seitdem Stunden vergangen – an Daniels Steg festgemacht habe, wendet sich zu mir um und ruft: „Schaffst du es bis zum Ufer, oder brauchst du das Boot?“

„Nein“, keuche ich, „ich komme klar.“

„Dann nehm ich das Boot. Sieh zu, dass du ans Ufer kommst.“

Und so machen wir's, und ich schaffe es grade so ans Ufer, völlig erschöpft. Ollie erreicht es fast gleichzeitig, ein Stückchen weiter flussabwärts. Gemeinsam ziehen wir das Boot über den Kies aus dem Wasser. Ich schnappe mir die vollkommen geschockte Isa und Ollie die kleine Nini, die sich schon wieder ein wenig erholt hat, bis auf einen kleinen verheulten Schluckauf, der nicht aufhören will. Wir wickeln beide zusammen in die Decke, und jede von uns umarmt „ihr" kleines blondes Mädchen, und da sitzen wir und sagen kein Wort, und alles, was in den letzten Minuten passiert ist, fühlt sich so unwirklich an, so vollkommen absurd, als würde es gar nicht zu meinem Leben gehören.

Es ist etwa fünf Uhr nachmittags und immer noch sommerlich warm. Die Kinder erholen sich schneller von dem Schreck als ich, ziehen sich aus und beginnen „Zwei Schiffbrüchige auf einer einsamen Insel" zu spielen, wobei ein großer Teil des Spiels darin besteht, dass Isa ihrer kleinen Schwester erklärt, was man als Schiffbrüchiger zu tun hat. Irgendwann kreischen die beiden entzückt auf, als sie bemerken, dass das zweite Ruder der *Rosita* weiter flussabwärts an unser Ufer getrieben ist. Gemeinsam laufen wir hin – ich lasse die beiden heute sicher keine fünf Meter aus meiner Reichweite und schon gar nicht mehr aus den Augen –, und dann tragen Isa und Nini das Ruder wie eine Trophäe über ihren Köpfen zurück zu unserem kleinen Lager. Die nächste Stunde unterhalten sich die beiden blendend: Sie füttern Chispa mit Gras, das sie weiter oben auf der Wiese ausreißen, spielen mit dem Sattel, den Ollie zum Trocknen am Strand abgelegt hat, erklären das umgedrehte Ruderboot zu ihrer Höhle und scheinen bereits komplett vergessen zu haben, wie sehr ihnen der Schreck zuvor in die Glieder gefahren ist. Aus dem, was sie so nebenbei plaudern, kann ich mir zusammenreimen, was passiert ist: Ihnen wurde auf der Hollywoodschaukel langweilig. Isa ist mit Daisy schon öfter Boot gefahren und wollte Nini zeigen, wie gut sie das kann. Irgendwie hat sie ein Ruder verloren, Nini hat versucht, es zu fassen zu kriegen, Übergewicht bekommen und ... den Rest kenne ich ja schon.

Ich habe keine Ahnung, wie lange die beiden schon im Wasser waren, aber die Zeit, die ich damit verbracht habe, auf sie zuzuschwimmen, ist mir unendlich vorgekommen, obwohl es wahrscheinlich nicht mehr als zwei, drei Minuten waren. Zeit ist eben relativ. Und nicht nur Zeit.

Dass Ollie mit Daniel zusammen ist, dass Daniel sich in sie verliebt hat, das ist mir bis zu dem Moment, als ich Isas Schrei gehört habe, wie das Schlimmste erschienen, was mir passieren konnte. Schlimmer als einen nicht greifbaren Vater zu haben, schlimmer als eine Mutter, die mich belügt. Aber auf einer Skala von „ganz schlimm“ und „gar nicht schlimm“, wo findet sich da „Ich bin schuld, dass die kleine Schwester meiner Freundin ertrinkt“, und wo findet sich „Mein bester Freund hat sich verliebt“? „Schlimm“ ist eben auch relativ.

Ollie und ich sitzen in unserer Unterwäsche auf dem schmalen Kiesstreifen zwischen Wiese und Fluss. Unsere Kleider trocknen auf den Zweigen eines Busches vor sich hin.

Mir geht so viel durch den Kopf, dass ich lange Zeit gar nichts sagen kann, nur zwei-, dreimal lächeln wir einander kurz an, als Fetzen des „Schiffbrüchigen“-Dialogs zwischen Isa und Nini zu uns herüberflattern.

Irgendwann quält sich ein Monsterseufzer aus mir heraus, und plötzlich ist da in aller Klarheit dieser Satz: „Nini hätte ertrinken können.“ Und im selben Moment greift eine eiskalte Faust nach meiner Brust und drückt sie so zusammen, dass ich nicht mehr atmen kann. Ich schnappe hysterisch nach Luft, und gleichzeitig rinnen Tränen meine Wangen hinunter, und ich glaube echt, dass ich ersticken muss.

Ollie schlingt ihre Arme um mich, hält mich ganz fest und sagt nur „Schhhh, alles ist gut …“, immer wieder, wie zu einem ganz kleinen Kind, bis ich mich beruhige.

Dann bin ich wieder still, und Ollie lässt mich los.

„Danke“, stoße ich schließlich heiser hervor. „Danke. Danke.“

Und dann wiederhole ich es noch ein paar Mal, wie ein Mantra.

„Ist ja gut“, sagt Ollie schließlich und sieht mich an, als würde sie sich ernstlich Sorgen um meinen Geisteszustand machen. „Ich bin froh, dass ich in der Nähe war.“ Sie grinst zögernd. „Und dass du mir die Galoppstrecke gezeigt hast.“

„Die Galoppstrecke geht eigentlich oben entlang, parallel zum Fluss“, sage ich und probiere damit aus, ob ich schon so weit bin, einen vorsichtigen Scherz zu machen. „Nicht *in* den Fluss.“

Ollie runzelt die Stirn. „Das hast du letztens nicht erwähnt“, sagt sie, erleichtert, dass man mit mir wieder normal sprechen kann.

Ich starre vor mich hin und fahre mit den Fingern durch den Kies. „Chispa hätte stolpern können. Sich das Bein brechen. Ihr hättet euch beide alles Mögliche brechen können.“

„Haben wir aber nicht“, sagt Ollie und zuckt mit den Schultern. „Und ich weiß schon, was ich meinem Pferd zumuten kann. Alles ist gut. Wir hatten Glück. Lassen wir's dabei. Okay?“

„Okay.“

Wieder herrscht kurz Stille.

„Ich werde es Daisy natürlich erzählen“, sage ich dann. „Aber vielleicht muss sie nicht alle gruseligen Details hören. Wie Isa geschrien hat. Wie Nini schon unter Wasser war …“ Ich muss schlucken, und meine Augen füllen sich schon wieder mit Tränen.

„Ich wollte das eigentlich alles an die Presse weiterleiten“, sagt Ollie, und auf meinen geschockten Blick fügt sie sofort hinzu: „Sorry, doch noch zu früh für Scherze. Natürlich nicht, wir werden eher untertreiben als übertreiben.“

„Danke“, sage ich noch einmal aus tiefstem Herzen. „Vielen Dank!“

„Fang nicht schon wieder an“, antwortet sie und grinst.

Ich versuche, zurückzugrinsen, aber es will noch nicht so richtig klappen. Ich stehe also auf und taste unsere Kleidungsstücke ab. Aus der Tasche meiner

Jeansshorts fällt dabei ein feuchter weißer Klumpen. Als ich ihn aufhebe, fällt mir wieder ein, was das sein muss: der Zettel mit Namen und Adresse einer Frau – wie hieß sie noch? – Hainburg? Hainberg? Nein, Hain*bach* war es, und zwar „Brigitte" oder so ähnlich. Ich versuche, den Zettel auseinanderzufalten, dabei zerfällt er zwar entlang der Falzlinien, aber im linken oberen Viertel ist „Ul" noch einigermaßen deutlich zu sehen. „Ulrike", nicht „Brigitte", Ulrike Hainbach, das war's. Die Adresse ist vollkommen unleserlich, aber mir fällt sowieso nicht ein, woher ich sie kenne.

„Was Wichtiges?", fragt Ollie.

Ich zucke mit den Schultern. „Keine Ahnung, ich glaub nicht."

Sie hält mir ihr Handy hin und grinst wehmütig. „Das war in *meiner* Hosentasche."

„Kacke! Das tut mir echt leid! Soll ich es dir –"

„Nein, nein, lass nur. Ich kann jederzeit ein Firmenhandy meines Vaters haben – wenn die Kontakte weg sind, ist es halt immer blöd!"

„Ich weiß!", sage ich zerknirscht, „Es tut mir echt total leid!"

„Hör schon auf, du hast es ja nicht ins Wasser geworfen!"

„Du musst es zu Hause in Reis packen, der zieht die Feuchtigkeit raus!"

„Echt?" Sie schaut mich verblüfft an. „Von dem Trick hab ich ja noch nie gehört!"

Ich schaffe ein kleines Grinsen. „So was weiß man, wenn man an einem Fluss aufwächst!"

Ollie lacht. „Cool! Ich werd's ausprobieren! Wie sieht's mit den Kleidern aus?"

„Na ja, trocken ist anders, aber ich schätze, ich packe jetzt mal die Kleinen zusammen und rudere zurück zu ..."

„Zu Daniel", beendet sie meinen Satz.

Natürlich. Natürlich hat sie auch mitbekommen, wo das Drama seinen Ausgang genommen hat.

„Ja", sage ich. „Ich war dort, um mit ihm zu reden."

„Das finde ich gut."

„Es ist nicht so einfach."

Ollie nickt. „Ich will dich nicht verdrängen, Rosa", sagt sie schließlich. „Ich will auf keinen Fall, dass ihr nicht mehr befreundet seid, euch nicht mehr trefft."

„Es ist nicht so einfach", wiederhole ich.

Sie sieht mich an, etwas scheint ihr im Kopf herumzugehen. „Würde es helfen, wenn ich mich erst mal nur an den anderen Tagen mit ihm treffe?", fragt sie schließlich. „Du weißt schon, *nicht* an den Dienstagen."

Ich öffne den Mund, um zu sagen, dass ich mich momentan sowieso nicht mit Daniel treffen kann, auch nicht an „unserem" Dienstag, aber sie kommt mir zuvor.

„Egal, ob ihr euch dann trefft oder nicht", fügt sie hastig hinzu. „Einfach nur, damit du weißt, dass der Tag noch dir gehört, also, *euch* gehört."

Ich sehe sie verblüfft an. Und horche in mich hinein. Etwas sagt mir, dass das tatsächlich helfen würde, wenn auch nur ein wenig. Und es ist mehr, viel mehr, als ich verdiene, so, wie ich sie behandelt habe.

„Das würdest du –?"

„Ich habe ein Pferd", sagt sie und grinst breit, „einen Hund. Einen Vater. Eine ganze Sippe, die mich jahrelang nicht gesehen hat. Ich kann sowieso nicht dauernd bei Daniel kleben. Dienstag wird einfach mein freier Tag."

Und in diesem Moment bin ich zum ersten Mal total ehrlich zu mir und sehe Ollie so, wie ich sie von Anfang an gesehen hätte, wenn Daniel sich nicht auf den ersten Blick in sie verguckt hätte. Wenn ihr Vater nicht ausgerechnet „unsere" Hazienda zum Wohnsitz auserkoren hätte. Wenn ich nicht eifersüchtig auf sie gewesen wäre wegen ihres Geldes, ihres Traumpferdes, ihrer Traumhaare und ihrer Cowboyboots. Wegen ihrer offenen, herzlichen Art, mit der sie jeden innerhalb von Sekunden für sich gewinnt.

Ollie ist ein Hammermädchen. Und ich kann Daniel nicht böse sein, dass er sich in sie verliebt hat. Wäre ich ein Junge, wahrscheinlich hätte ich mich auch in sie verliebt.

„Wir sind heute Abend bei Daisy", sage ich zu Ollie. „Sie kocht ein Abschiedsessen für Iris. Willst du nicht auch kommen?"

„Sehr gern", sagt sie sofort und steht dann auf, um Chispa zu satteln. Als sie sich wieder zu mir umdreht, glänzen ihre Augen verdächtig, aber sie strahlt mich an. „Ich wusste ja, dass wir Freundinnen werden."

12. Drei Blumen

Daniel ist noch immer nirgends zu sehen, als ich am Steg anlege. Ich lasse die beiden Mädchen aussteigen, obwohl sie müde sind und lieber im Boot sitzen bleiben wollen. Ich gehe heute kein Risiko mehr ein, nicht mal ein ganz kleines. Rasch sammle ich das Spielzeug ein und stopfe es in den Rucksack, auch mein Handy finde ich nach kurzer Suche. Wenigstens protestiert Nini nicht, als ich ihr statt des immer noch feuchten Arielle-Nachthemds trockene Shorts und ein T-Shirt anziehe. Und Sandalen statt der Tiger-Hausschuhe. Dann packe ich Kinder und Rucksack erneut ins Boot und rudere flussaufwärts, zurück zu unserem eigenen Steg. Im Haus angekommen, setze ich die Kinder im Wohnzimmer vor den Fernseher, wo Nini prompt in einen tranceähnlichen Halbschlaf versinkt, während Isa immer wieder durch unsere wenigen Programme zappt.

Als Daisy eine halbe Stunde später an der Tür läutet, ist es beinahe, als wäre gar keine Zeit vergangen.

Beinahe.

„Warum hat Isa denn deine Sachen an?“, fragt Daisy, als wir auf dem Teppich im Wohnzimmer sitzen, mit dem Rücken an den breiten geblümten Sessel gelehnt, dem früheren Lieblingssessel meiner Uroma.

Er war zu groß, um ihn in ihr Zimmer im Pflegeheim mitzunehmen. Wenn sie noch hier wäre, dann wäre das alles heute nicht passiert. Ich hätte die beiden Kleinen einfach bei ihr gelassen, sie hätte mit ihnen Anisplätzchen gebacken und ihnen Kakao gekocht, und alle drei hätten einen Riesenspaß gehabt. Meine Uroma war die beste Oma der Welt, als es ihr noch gut ging. Zu meinem schlechten Gewissen und allen anderen Dingen gesellt sich der vertraute Heimwehschmerz nach der Frau, die in meiner Kindheit mindestens so sehr für mich da war wie meine Mutter.

„Wir hatten einen kleinen Zwischenfall", beginne ich vorsichtig. „Und ich hoffe, du verzeihst mir und bist nicht wütend auf mich. So was wird mir nie, nie wieder passieren, ich schwöre es!"

Daisy sieht mich mit großen Augen an, und ich erzähle (fast) alles. Dass Ollie gerade rechtzeitig gekommen ist, um uns zu helfen, erzähle ich auch. Aber nicht, dass ohne ihr Eingreifen Nini womöglich ertrunken wäre. Aber sie merkt an meiner Stimme, dass es schlimm gewesen sein muss, und ich habe bei ihr immer das Gefühl, dass sie sowieso alles mitbekommt, was zwischen den Zeilen steht. Meine Theorie ist, dass Bilder vor ihrem inneren Auge entstehen, irgendwie. Und wenn sie dieselben Bilder sieht, die ich bestimmt nie wieder aus meinem Kopf rausbekommen werde, dann weiß sie, dass es schlimm war und böse hätte ausgehen können.

„Es tut mir so leid", wiederhole ich, als ich fertig bin. „Ich hätte die beiden nicht allein lassen dürfen. Nicht mal für ein paar Sekunden."

„Nein, hättest du nicht", sagt Daisy. „Aber es ist ja nichts passiert. Gott sei Dank."

„Ich hätte es mir nie verziehen."

„Ich mir auch nicht", sagt Daisy. „Ich hätte sie nicht einfach bei dir abladen dürfen."

Ich zucke richtig zusammen. „Meinst du damit, du hättest sie mir nicht anvertrauen dürfen?"

Daisy schüttelt den Kopf und drückt kurz meine Hand. „Das hat nichts mit Vertrauen zu tun." Sie senkt ihre Stimme, obwohl mittlerweile auch Isa schon fest zu schlafen scheint. „Du bist das einfach nicht gewohnt – dass man bei den beiden ständig auf alles gefasst sein muss! Man lädt sie vor dem Kinderkino im Kaufhaus ab und findet sie auf der Feuertreppe wieder. Man setzt sie auf eine Decke und dreht sich kurz weg, um Ameisen vom Picknickkorb zu vertreiben, und schon schmusen sie mit einem Kampfhund. Sie laufen vor Autos, klettern auf Bäume und greifen in Erdlöcher. Sie fallen in Pools, kommen unter Pferdehufe, spielen mit Streichhölzern und Feuerwerkskörpern. Kinder …", sie seufzt abgrundtief, „… sind die Hölle."

„Wow", antworte ich nach einer kurzen Pause. „Ich glaube, mit dem Thema Familienplanung habe ich soeben abgeschlossen. Warum tun sich Menschen das bloß an?"

Daisy lacht. „Keine Ahnung." Sie wirft einen liebevollen Blick zu ihren schlafenden Geschwistern. „Weil sie auch genial sind. Und so niedlich, wenn sie schlafen. Und manchmal zum Schreien komisch. Und weil sie sich jeden Tag verändern, und das ist verdammt spannend zu beobachten."

Sie erschrickt plötzlich.

„So was Blödes!", ruft sie und springt auf. „Ich sitze hier und quatsche, und dabei muss ich doch kochen!"

Ich ziehe sie noch mal zu mir hinunter. „Ich helf dir, dann geht es schneller. Oder wir bestellen Pizza, völlig egal. Jetzt erzähl schnell noch, wie es mit Eric war. Hast du ihn gefunden?"

Langsam sinkt Daisy wieder auf den weichen Teppich.

„Ja", sagt sie. „Er war bei den Fischteichen, dort sitzt er öfter und liest oder sitzt einfach nur so da. Ist ein super Platz, ganz ruhig und ungestört, ich hab ihn ein paarmal zufällig dort gesehen –"

„Zufällig?", unterbreche ich sie.

„Also gut", sagt Daisy und wird rot. „Vielleicht nicht *ganz* zufällig. Vielleicht hab ich ihn ein bisschen gestalkt, verklag mich. Jedenfalls hätte ich ihn heute zufrieden gelassen, wenn er das gewollt hätte. Aber er schien froh zu sein, dass ich da war. Und ich glaube, jetzt geht es ihm besser. Wir haben geredet, oder *er* hat vor allem geredet. Dass er sowieso in einem Jahr weggegangen wäre auf die Uni, dass er selbst nicht gedacht hätte, dass ihm der Abschied so schwerfällt. Dass er sich nicht vorstellen kann, in der Stadt zu leben. Dass ihm der Fluss fehlen wird und der Ruderklub und seine Freunde und die Landschaft –"

„Daisy", unterbreche ich sie. „Hast du's ihm gesagt?"

Sie saugt ihre Lippen nach innen und sieht plötzlich aus wie ein verlegenes kleines Kind. Sieht mich an. Schüttelt ganz langsam den Kopf.

Ich seufze. „Ach, was soll's. Du hast es wenigstens versucht. Lass uns die Jungs für heute Abend einfach vergessen. *Alle* Jungs. Wir sollten jetzt echt gehen, sonst sind die beiden noch vor uns da." Ich springe auf und ziehe Daisy mit hoch.

„Die beiden?", fragt sie verblüfft.

„Ollie kommt auch."

„Oh", sagt sie nur, und jemand, der sie nicht so gut kennt wie ich, hätte das winzig kleine Lächeln, das um ihre Mundwinkel spielt, nicht einmal bemerkt.

Wir montieren Ninis Kindersitz auf mein Rad, damit Daisy nicht beide Kleinen transportieren muss, und fahren zur Freude der zwei nun wieder hellwachen kleinen Mädchen im Konvoi zu Daisy. Mal überhole ich Daisy, begleitet von Ninis begeistertem Gekreische, mal überholt Daisy mich unter den wilden Anfeuerungsrufen von Isa.

Keine zehn Minuten nachdem wir bei Daisy angekommen sind, steht Ollie vor der Tür. „Ich glaube, das mit dem Reis funktioniert!", begrüßt sie mich strahlend. „Mein Display gibt Lebenszeichen."

Kurz darauf ist auch Iris da. „Mein Herr Bruder hat sich doch noch bequemt, aufzutauchen", schnauft sie. „Aber erst, als wir schon fast fertig waren mit seinem Zeug. Immerhin hat er sich entschuldigt und belädt nun allein das Auto, streng nach Anweisung meiner Mutter." Sie grinst. „Ganz ehrlich, da habe ich lieber einen Nachmittag T-Shirts in Taschen gestopft und Ruder-Trophäen in Zeitungspapier gewickelt."

Keine von uns hat nach dem heutigen Tag noch die Geduld zu kochen, wir legen zusammen und bestellen eine Riesen-Partypizza mit so ziemlich allem drauf. In der Tiefkühltruhe ist jede Menge Eis als Nachspeise, das wir quatschend und lachend auf der Terrasse löffeln, verteilt auf Hängesessel und Hängematte.

Dass Ollie auch hier ist, scheint Iris nicht im Geringsten zu wundern. Und ganz ehrlich, selbst für mich ist es nicht so, als wäre sie heute zum ersten Mal dabei. Es ist eher, als wäre meine Abwehr gegen Ollie ein falscher Puzzlestein gewesen, der gar nicht ins Bild gehört. Und nun, da dieser Stein endlich weg ist, fügt sich das Bild von ganz allein zusammen, mit der allergrößten Selbstverständlichkeit.

„Hey", ruft Iris irgendwann. „Jetzt sind wir ein *vier*blättriges Kleeblatt! Ein Glücksklee! Ist doch cool!"

Ollie und ich wechseln unbemerkt einen ganz kurzen Blick, und ich weiß, wir denken beide dasselbe: Dass sie heute im richtigen Moment am richtigen Ort war, das ist unglaubliches Glück gewesen.

„Ein Hoch auf den Glücksklee!", rufe ich und erhebe mein Eisteeglas.

„Er lebe hoch!", ruft Iris und knallt ihr Glas dagegen. Daisy und Ollie folgen unserem Beispiel, und McCartney hüpft begeistert um uns herum und kläfft zur Bestätigung.

Es ist ein klasse Abend. Noch ein paar Stunden lang wollen wir einfach nur Spaß haben und keinen Gedanken daran verschwenden, dass wir morgen schon wieder nur dreiblättrig sein werden.

Kurz nach elf gibt Iris einen tiefen Seufzer von sich. „Ich muss dann“, sagt sie. „Meine Mutter killt mich, wenn ich morgen nicht rechtzeitig aufstehe und meinen restlichen Kleinkram zusammenpacke. Wir müssen ja auch noch Ginger holen und …“ Noch ein tiefer Seufzer. „Ich geh jetzt lieber ganz schnell, bevor ich anfange, sentimental zu werden.“ Sie umarmt jede von uns kurz und heftig, erst Daisy, dann mich, dann Ollie.

„Ich weiß ohnehin, dass ihr Knalltüten morgen früh noch zum Stall kommt“, sagt sie und schafft es, wehmütig zu grinsen. „Und wenn ich es euch tausendmal verbiete. Also bis morgen!“

„Bis morgen!“, antworten wir im Chor, alle drei, auch Ollie. Sie hat bis zu diesem Moment noch gar nichts von der geplanten Verabschiedung gewusst, aber auf einmal ist es ganz selbstverständlich, dass sie mit dabei ist. Und ich schätze, das ist gut so.

Am nächsten Morgen begrüßt uns das Grillental passend zu unserer Stimmung mit dichtem Nebel, wie er eigentlich typisch für den Spätherbst ist. Feuchte, kühle Luft, graue Schwaden über dem Flussbett. Als ich in den Stall geradelt komme, sind Eric und Iris' Vater gerade dabei, den Pferdehänger an den Van zu koppeln. Iris' Mutter raucht nervös eine Zigarette, obwohl ich genau weiß, dass sie sich das Rauchen vor einem Jahr abgewöhnt hat. Geht ja auch gar nicht, eine Ärztin, die raucht. Der Umzug ist wohl für die ganze Familie nicht so ohne.

Vor Gingers Box finde ich Iris und Ollie, nur Daisy fehlt noch. Am besten, wir halten uns jetzt nur an das, was getan werden muss.

„Hast du schon ein Futternetz im Hänger?", frage ich, und Iris' Hand fährt erschrocken zu ihrem Mund.

In dem Moment kommt von draußen die Stimme ihres Vaters: „Wir sind so weit!"

„Ich mach schon!", beruhige ich sie. „Holt ihr inzwischen Ginger raus. Und Chispa, Pippin und Sokrates auch."

Während ich das Futternetz für Ginger mit Heu fülle und dann im Hänger festmache, satteln die beiden die drei anderen Pferde und machen sich anschließend daran, Ginger in den Hänger zu führen. Aber Ginger, die schon unzählige Male zu Turnieren gefahren ist und normalerweise in den Hänger reinspaziert, als wäre es der Speisewagen in einem Zug, denkt heute nicht daran. Sie steigt und wiehert und schnaubt. Sie weicht nach links aus, dann wieder nach rechts. Selbst als Eric und ich mithelfen, haben wir keine Chance.

„Sie weiß genau, was los ist", sagt Iris, den Tränen nahe. „Wo bleibt Daisy bloß, verdammt noch mal?"

In diesem Moment kommt Daisy auf ihrem alten Fahrrad den Weg vom Hotel zum Stall gefahren.

„Tut mir leid", keucht sie. „Meine Eltern sind eben erst zurückgekommen. Konnte die Kinder nicht allein lassen. Ich könnte sie erwürgen. Meine Eltern, meine ich."

Iris lässt den Führstrick ihres Pferdes fallen, läuft auf Daisy zu und umarmt sie. „Gott sei Dank bist du da", sagt sie. „Ginger will nicht in den Hänger. Du musst mit ihr reden."

Mein Blick fällt in diesem Moment zufällig auf Eric, der kaum merklich die Augenbrauen hebt. Offenbar hat er keine Ahnung, was seine Schwester meint. Aber Daisy lächelt Iris nur beruhigend zu, geht zu Ginger und legt der Stute ganz sanft eine Hand auf die Nase. Das Pferd beruhigt sich augenblicklich. Daisy streicht mit beiden Händen von der Mitte des Genicks zu Gingers Ohren, fasst sie und massiert sie vorsichtig. Dann legt sie ihre Stirn an die des Pferdes. Ginger beginnt zu kauen und senkt den Kopf. Sie wirkt, als würde sie über etwas nachdenken.

Wir anderen stehen nur ganz still da und beobachten. Für Iris und mich ist dieser Anblick nichts Neues. Wir wissen, dass Daisy einen besseren Draht zu Tieren hat als andere Menschen, aber es ist immer wieder faszinierend.

Schließlich macht Daisy einen Schritt von Ginger weg und wirft ihr einen prüfenden Blick zu. Dann nimmt sie den Strick und hält ihn Iris hin, die mit zwei Schritten bei ihrem Pferd ist. Die Stute lässt sich jetzt widerstandslos in den Hänger führen. Noch während Daisy und Iris sie drinnen festmachen, beginnt sie, an dem Heu zu knabbern, das ich vorbereitet habe.

Iris' Vater atmet erleichtert auf und schließt die Klappe des Hängers. „Danke, Daisy!", sagt er und schüttelt ihr als Erster die Hand. Damit beginnt die letzte große Verabschiedungsrunde. Auch Max aus dem Stall ist jetzt da, um Auf Wiedersehen zu sagen, und eben kommt meine Mutter vom Hotel heruntergelaufen. Sie ist mit Iris' Eltern zwar nicht eng befreundet, aber doch über zahllose Elternabende, Kinderpartys, Reitturniere und Übernachtungswochenenden gut mit ihnen bekannt.

„Ich wusste nicht, dass du auch eine Pferdeflüsterin bist", sagt Eric, als er sich von Daisy verabschiedet. „Nicht nur eine Menschenflüsterin." Daisy wird rot bis zum Haaransatz. „Danke noch mal fürs Zuhören gestern", fügt Eric hinzu und umarmt sie.

„Keine Ursache", flüstert Daisy, dann gibt Eric sie weiter an Iris. Die beiden hängen aneinander, bis ich mich einmische. „Jetzt bin ich dran, ihr Schmusebären!"

Iris und ich umarmen einander kurz und innig. „Wehe, ihr passt nicht aufeinander auf, ihr zwei!", warnt Iris. „Ich verlass mich auf euch! Und vergesst nicht, wir haben ein Riesengästezimmer, und ihr seid jederzeit willkommen! Ich hab euch doch die Adresse schon gegeben, oder?"

„Ja, hast du!" Daisy nickt unter Tränen.

In diesem Moment fällt mir ein, wieso mir die Adresse von Ulrike Hainbach auf dem Zettel so bekannt vorgekommen ist: Es war dieselbe Straße, in die Iris mit ihrer Familie zieht!

Ich nehme Iris ein wenig beiseite. „Wenn dir mal eine Ulrike Hainbach unterkommt, dann sag mir Bescheid. Sie wohnt in eurer Straße."

„Wer ist das?", fragt Iris neugierig.

„Ich hab nicht die geringste Ahnung. Vielleicht gar niemand. Vielleicht hat sie irgendwas mit meinem Vater zu tun. Ist nur so ein Gefühl, und ich kann komplett falschliegen, aber –"

„Keine Sorge, meine geheimnisvolle Freundin!" Iris drückt mich noch einmal kurz und fest. „Ich werde diese Frau Hainbach schon aufspüren, und dann kommt ihr mich besuchen, und wir spielen Iris und die Detektive!"

Ollie wird von Iris ermahnt, ihre Rolle als frisch ernanntes Glücksklee-Mitglied ernst zu nehmen und auf uns aufzupassen. Auch von ihr verabschiedet sie sich wie von einer alten Freundin.

Und dann ist es so weit: Die Reinhardts steigen in ihren Van, und Daisy, Ollie und ich auf unsere Pferde. Iris' Vater fährt langsam los, mit einer Hand aus dem Fenster winkend. Iris' Mutter winkt ebenfalls. Iris hängt sich bis zur Taille aus ihrem Fenster, so weit, dass ich tatsächlich Angst kriege, sie fällt raus.

Wir reiten im Schritt neben dem Van her, Daisy, Ollie und ich. Bis zum Hotel ist die Straße nur ein besserer Feldweg, danach ist sie asphaltiert. Der Wagen beschleunigt, und wir traben auf dem Rasenstreifen neben der Straße. Plötzlich leuchten die Bremslichter des Hängers auf, und der Transport stoppt noch einmal. Eric springt heraus.

„Was vergessen?“, fragt Daisy erschrocken und zügelt Pippin.

„Ja, ich glaub schon“, antwortet Eric. Und dann ist er plötzlich neben ihr, nimmt ihre Hand, zieht sie zu sich herunter und küsst sie. Auf den Mund. Lange. „Auf Wiedersehen, Daisy“, sagt er. Mit ein paar Schritten ist er wieder beim Auto, steigt ein, und der Van setzt sich erneut in Bewegung.

„*Caramba*“, sagt Ollie beeindruckt.

Daisy sitzt unbeweglich im Sattel, sichtlich bemüht, zu verarbeiten, dass eben ihr größter Wunsch wahr geworden ist.

Der Van beschleunigt.

„Hey!“, rufe ich. „Was ist denn das hier für ein lahmes Verabschiedungskomitee?“

Daisy wirft mir einen Blick zu und ich Ollie, und dann brüllen wir alle drei gleichzeitig „Jiiihaaa!“, als hätten wir es abgesprochen. Im nächsten Moment galoppieren wir auf der abgemähten Wiese los, bis wir den Van erreicht haben, und jagen dann neben ihm her, McCartney immer auf gleicher Höhe mit uns.

Schließlich wird der Transport zu schnell, wir fallen zurück und zügeln die Pferde. Nur McCartney rennt unverdrossen weiter.

„McCartney!“, brüllt Ollie aus Leibeskräften. „*Ven aqui, perro loco!*“ Doch der Hund macht keine Anstalten, zurückzukommen. Die wilde Verfolgungsjagd scheint ihm einen Riesenspaß zu machen. „Dieser verrückte Köter macht mich noch wahnsinnig!“, ruft Ollie entnervt und treibt Chispa erneut an.

Daisy und ich sehen ihr nach, wie sie hinter dem wieselflinken Chihuahua hergaloppiert.

„Sie passt gut zu uns“, meint Daisy.

„Stimmt“, gebe ich zu.

„Nur schade, dass wir unsere Pferderanch jetzt anders nennen müssen, wenn es so weit ist.“

„Wieso denn das?“ Ich stehe in diesem Moment tatsächlich auf der Leitung.

„Na, Drei-Blumen-Ranch geht doch nicht mit Ollie. ‚Olivia‘ ist ja keine Blume.“

Ich lache laut auf, und Daisy schaut mich verständnislos an. Gerade ist mir der Name des Foto-Ordners auf Daniels Laptop wieder eingefallen.

„Sie heißt nicht Olivia“, sage ich. „Glaub’s oder glaub’s nicht, sie heißt Violeta.“

Daisy schaut mich ungläubig an. „Violeta? *Veilchen*? Ernsthaft?“

Ich nicke. „Yep.“

„Das heißt, wir sind wieder drei Blumen?“

„Yep.“

„Die Welt ist ein Taschentuch“, meint Daisy und grinst.

„Richtig“, sage ich und grinse zurück. „Und zwar ein geblümtes.“

Der Pferdehänger mit Ginger darin ist nicht mehr zu sehen. Ein gutes Stück weiter vorn hat Ollie endlich McCartney eingeholt und ihn zu sich aufs Pferd genommen.

„Wer zuerst bei Ollie ist!“, rufe ich und galoppiere Sokrates aus dem Stand an.

„Heee!“, ruft Daisy mir zu. „Das gilt nicht!“

„Verklag mich!“, rufe ich über die Schulter zurück.

Gleich darauf höre ich den Galopp von Pippin hinter mir und dann Daisys Stimme, die jubelt: „Jiihaaa!“

„Jiihaaa!“, brülle ich.

Und „Jiihaaa!“ antwortet Ollie und winkt uns entgegen.

Sokrates streckt sich unter mir und wird noch schneller, und gerade jetzt beginnt der Nebel sich aufzulösen, und ein diffuses Sonnenlicht gibt den Wiesen und Wäldern des Tals ihre Farbe zurück.

Und ich denke nicht an Daniel und nicht an meine Mutter und nicht an meinen Vater, ich denke an gar nichts. Ich fliege auf Sokrates dahin und will, dass er nie mehr aufhört, dieser perfekte Moment.

Ein ganz dickes DANKE! an:

Dominik Madecki fürs Dranbleiben ☺! High Five!
Anke Koopmann für endlose Geduld und ein tolles Makeover ☺!
Michaela Hanauer für die Emotional-Support-Hotline!

Euch, die „Friends & Horses"-Fans der ersten Stunde!
Ihr habt diese Reihe so liebevoll aufgenommen!
DANKE ☺!

Ich will, dass er nie mehr aufhört,
dieser perfekte Moment.